November 2021

ET QUE NE DURENT QUE LES MOMENTS DOUX

Virginie Grimaldi est l'autrice des best-sellers *Le Premier Jour du reste de ma vie* (City, 2015 ; Le Livre de Poche, 2016), *Tu comprendras quand tu seras plus grande* (Fayard, 2016 ; Le Livre de Poche, 2017), *Le Parfum du bonheur est plus fort sous la pluie* (Fayard, 2017 ; Le Livre de Poche, 2018), *Il est grand temps de rallumer les étoiles* (Fayard, 2018 ; Le Livre de Poche, 2019), *Quand nos souvenirs viendront danser* (Fayard, 2019 ; Le Livre de Poche, 2020) et *Et que ne durent que les moments doux* (Fayard, 2020 ; Le Livre de Poche, 2021).

Grâce à des personnages attachants et à une plume délicate, ses romans ont déjà séduit des millions de lecteurs et sont traduits dans plus de vingt langues.

Virginie Grimaldi est la romancière française la plus lue de France en 2019 et en 2020 (Palmarès *Le Figaro* : GFK).

Paru au Livre de Poche :

CHÈRE MAMIE

CHÈRE MAMIE AU PAYS DU CONFINEMENT

IL EST GRAND TEMPS DE RALLUMER LES ÉTOILES

LE PARFUM DU BONHEUR EST PLUS FORT SOUS LA PLUIE

LE PREMIER JOUR DU RESTE DE MA VIE

QUAND NOS SOUVENIRS VIENDRONT DANSER

TU COMPRENDRAS QUAND TU SERAS PLUS GRANDE

VIRGINIE GRIMALDI

Et que ne durent que les moments doux

FAYARD

Citation :
Le titre du roman de Virginie Grimaldi,
« Et que ne durent que les moments doux », est tiré d'une citation
de l'œuvre musicale « Osez Joséphine » d'Alain Bashung :
Paroles : Jean-Marie Fauque / Alain Bashung
Musique : Alain Bashung
© 1991 Universal Music Publishing France.
Avec l'aimable autorisation d'Universal Music Publishing.

© Librairie Arthème Fayard, 2020.
ISBN : 978-2-253-24195-9 –1ʳᵉ publication LGF

Pour Maël

1

Élise

L'appartement est exigu, mais bien situé. Le métro se trouve à deux pas, le commissariat à trois rues et l'hôpital à cinq minutes. Seule la gare Montparnasse est un peu loin.

J'ai défait tous les cartons, nettoyé les sanitaires, monté les meubles, collé le nom sur la boîte aux lettres, j'attaque l'organisation de la vaisselle en me remémorant le précédent déménagement.

C'était un samedi, au mois d'août. Il faisait chaud et, sur la porte de l'ascenseur parfumé à l'urine, le dessin d'un énorme pénis nous saluait. Thomas avait gloussé tout au long de l'ascension vers le quatrième étage, Charline avait regretté de ne pas être allée vivre chez son père. Il avait huit ans, elle douze.

Avant même de monter les meubles, j'avais décoré leurs chambres. De jolies couleurs aux murs pour étouffer le traumatisme du divorce. Thomas avait choisi un papier peint parsemé de vaisseaux spatiaux, Charline avait opté pour une peinture parme. Le vendeur du magasin de bricolage nous avait mis en garde : afin d'éviter les inhalations d'émanations toxiques, il fallait bien aérer les pièces pendant au moins quarante-huit heures et, si possible, ne pas y dormir. Nous avions donc passé deux nuits sur nos matelas posés à même le sol de notre nouveau salon. Mon fils lové dans le bras gauche, ma fille blottie dans le bras droit. Ce camping improvisé figure parmi mes souvenirs préférés.

Je range les assiettes lorsque Thomas apparaît dans l'encadrement de la porte. Sa tête touche presque le haut.

— Mam, t'as pas vu mon chargeur ?

— Posé sur le frigo. Tu n'as pas faim ?

— Un peu, fait-il en haussant les épaules.

Je fouille le placard et en retire une plaque de chocolat noir. Il sourit.

Tous les soirs, c'est notre rituel. Nous rentrons à la même heure, Thomas du lycée, moi du bureau. Nous nous retrouvons dans la cuisine, je coupe deux épaisses tranches de pain, sur lesquelles je dépose deux carrés de chocolat, et j'enfourne trois minutes, la durée exacte pour obtenir une carapace résistante et un cœur fondant. Nous ne discutons pas forcément, il est souvent accaparé par l'écran de son téléphone, mais nous sommes ensemble.

— Charline te fait un bisou, lâche-t-il en mordant goulûment la tartine.

— Tu l'as eue ?

— Par texto. Elle t'appelle demain.

Je me retiens d'essuyer la trace marron au bout de son nez. Il chausse du 45, porte la barbe et vient d'obtenir son permis de conduire, il pourrait s'offusquer. Je lui tends une serviette, il sourit. Il est heureux.

— T'as vu l'heure ? demande-t-il.

Je regarde ma montre. Déjà.

Je retourne devant le placard et reprends le rangement des assiettes.

— Mam, tu vas louper ton train.

— C'est bon, j'ai le temps.

— Maman… ça va aller. T'inquiète.

Je referme le placard, j'effectue un dernier tour des lieux, le plus lentement possible, j'attrape mon sac, accroche un sourire sur mon visage, je serre mon grand garçon dans mes bras, puis je quitte son tout premier appartement, dans lequel je viens de l'aider à emménager. Dans quelques heures, je serai dans le mien, vide, à six cents kilomètres de là.

2

Lili

Tu vas naître aujourd'hui. Je ne suis pas prête.

Je venais juste pour un examen.

Le docteur Malois était souriant. Je me suis déshabillée, allongée, j'ai posé mes pieds dans les étriers et, comme à chaque fois, j'ai noyé la gêne sous les mots. Je prépare toujours mon coup. Je choisis à l'avance le sujet que je lancerai au moment où l'obstétricien s'approchera de mon intimité, assez intéressant pour m'évader, mais pas trop, pour qu'il reste concentré. La diversion du jour était la canicule en cette mi-septembre, vous avez vu ça, docteur, on se croirait en juillet, c'est insupportable, et avec vingt kilos en plus, je ne vous dis pas, j'ai l'impression de vivre sous une aisselle, tout est plus compliqué avec cette chaleur, ce matin il m'a fallu dix minutes pour sortir du lit, on aurait dit une tortue sur le dos, j'en peux plus, vivement qu'il fasse froid, même si j'appréhende l'enfilage des collants, au moins chaque geste ne coûtera pas trois litres, ça suffit maintenant, ce n'est plus un été indien, c'est un été Jeanne Calment.

Mon humour était aussi mal à l'aise que moi.

Quand le visage du docteur Malois a émergé d'entre mes cuisses, il ne souriait plus du tout. Il a gardé le silence, moi mon envie de le questionner. Il a ôté ses gants pleins de sang, versé le gel sur mon ventre, allumé l'écran, et, avant de poser l'appareil sur ma peau tendue, il m'a caressé la tête. J'ai compris que c'était grave.

Pendant qu'ils m'emmenaient au bloc, j'ai repensé à tous les reportages sur la prématurité que j'avais regardés d'un œil distrait. Quelles étaient les chances de survie d'un bébé à sept mois de grossesse ? Quels étaient les risques de séquelles ? Je n'ai pas eu le courage de demander. J'ai fixé le plafond.

Ils sont neuf à s'occuper de nous. Ton papa est en route. J'espère qu'il arrivera avant toi.

La sage-femme m'explique ce qui va se passer, elle a la voix douce de ceux qui annoncent le dur, j'écoute sans écouter, je contemple la porte en espérant que ton père l'ouvre, l'anesthésiste perfore mon dos, je claque des dents, ils installent le champ, je ravale mes larmes, tu ne dois pas sentir ma peur, je fixe cette putain de porte, ils placent mes bras en croix, je te murmure que tout va bien se passer, la porte s'ouvre, ton père est là. Toi aussi.

Thomas

Mon chéri, c'est maman.
Je suis bien rentrée.
N'oublie pas de fermer
les volets dès qu'il fait nuit,
on ne sait jamais.
Bises. Maman

Merci de ton aide, Mam. Ne
t'inquiète pas pour moi, ça
va aller. Je t'aime.

Je t'aime encore plus. Mais
j'espère que tu as fermé les
volets. Bises. Maman

3

Élise

Je n'ai jamais mis autant de temps à remonter l'allée qui mène à mon immeuble. J'ai bien envisagé de ne pas rentrer tout de suite, de prolonger le déni, de barboter encore un peu dans l'avant, mais je dois sortir Édouard.

Mon adorable fils a laissé un vide, mais aussi son chien.

Édouard pèse quatorze kilos, dont treize d'intestins. À l'instar des chats, il nous fait chaque jour une offrande, et ce n'est pas un oiseau.

J'ai insisté pour que Thomas emmène son chien : « Mon chéri, un animal a besoin de son maître, il est constamment avec toi depuis six ans, tu ne peux pas l'abandonner, je travaille toute la journée, il sera seul, il va te manquer, regarde-moi ces petits yeux pleins d'amour, allez, sois raisonnable, il va se laisser mourir de faim, tu l'auras sur la conscience, insensible, maître indigne, assassin », rien n'y a fait. Édouard est désormais mon unique compagnie.

Je monte par l'escalier. L'ascenseur est trop rapide.

Édouard n'est pas derrière la porte quand je l'ouvre. C'est pourtant son habitude, dans une autre vie il était boudin de porte. L'entrée est vide, le tapis propre. La cuisine silencieuse. Personne dans le salon. Je commence à m'inquiéter lorsqu'un ronflement me fournit un indice. Sur la pointe des pieds, je me dirige vers la chambre de Thomas.

Les murs portent encore les stigmates de l'adolescence. À côté d'une affiche d'un concert de rock trônent quelques photos carrées, une esquisse de graffiti jamais terminé et des punaises esseulées. L'étagère blanche brandit fièrement des médailles poussiéreuses, derniers témoins des exploits de mon fils sur les agrès de gymnastique. Sa première guitare gît au sol. Dans le placard ouvert reposent deux tee-shirts trop petits, un jean trop déchiré, des chaussettes trop sales et un pull trop pas à son goût, tricoté par mes soins après son premier chagrin d'amour. À la place du lit, un trou. À la place du bureau, un trou. À la place de mon cœur, un trou.

À la place du fauteuil, Édouard.

Il me regarde d'un œil, l'autre scrute le plafond. Édouard avait quatre ans quand nous l'avons adopté. C'était le cadeau d'anniversaire de Thomas, il ne voulait rien d'autre. Lorsque j'ai compris que ce n'était pas une lubie, j'ai accepté, à condition qu'il s'en occupe. Édouard était le chien le plus laid du refuge. Un pelage blanc à reflets jaunes, des oreilles qui captaient toutes les chaînes, des dents en quinconce et les yeux qui se faisaient la gueule. Thomas a eu le coup de foudre.

— Maman, on ne peut pas prendre ce chien, c'est trop la honte ! a gémi Charline.

— C'est celui-là que je veux, a rétorqué Thomas.

Ma fille a tenté de l'orienter vers un labrador, un bouledogue français ou un petit croisé adorable, mais Thomas n'en démordait pas, et il avait une raison imparable :

— Il me fait penser à papy.

Mon père était décédé trois mois auparavant. Thomas l'adorait. Il était passionné d'astronomie et de nature, il emmenait souvent les enfants à la découverte des arbres, des insectes ou des constellations. Il est mort le jour de ses soixante-quatorze ans. Il s'appelait Édouard.

Le chien doit prendre mon regard pour un encouragement, il se redresse et se rue vers moi en patinant sur le parquet, la langue flottant au vent comme un drapeau. Je n'ai pas le temps de me protéger, il se propulse sur ses pattes arrière, se cabre, et ses griffes lacèrent mes mollets.

— Merde, Édouard !

Je crie. Il s'aplatit au sol. Le bénévole du refuge nous avait prévenus, le jour de l'adoption : Édouard avait très certainement souffert de mauvais traitement. Il ne supportait pas que nous élevions la voix et sursautait au moindre bruit, même quand il émanait de son propre corps. Une fois, il a uriné de peur en me voyant balayer. À force d'amour, il a repris confiance en l'humain, mais les vieux traumatismes ne sont jamais bien loin.

Je me baisse et le gratifie d'une légère caresse sur la tête. Il roule sur le dos et m'offre son ventre rose. Entre ses pattes, sa queue remue. Autour de moi, le vide de la chambre me rappelle la situation. Je me relève et quitte la pièce, laissant Édouard seul avec ses espoirs d'affection.

4

Lili

Je ne sais pas où tu es.

Ils t'ont arrachée de mon ventre, t'ont approchée de mon visage à peine quelques secondes, avant de t'emmener.

Ta grand-mère (ma mère) m'a souvent raconté notre rencontre. Elle m'avait immédiatement reconnue. J'étais sa fille. L'amour l'avait percutée. J'étais sûre de ressentir la même chose.

Je ne t'ai pas reconnue.

J'ai été soulagée de t'entendre crier. J'ai remarqué tes cheveux, j'ai vu les bulles sortir de ta bouche, j'ai songé que tu avais un long buste et une voix puissante. Mais je n'ai pas fait le rapprochement entre ce petit être et le bébé qui faisait grossir mon ventre et mon cœur.

Je suis dans une pièce exiguë, aux soins intensifs. Ton papa est avec toi. Je me sens seule, pour la première fois depuis sept mois.

Ce n'était pas censé se passer comme ça. J'avais tant joué la scène dans ma tête.

J'ai une peur panique de l'accouchement depuis le jour où, je devais avoir huit ans, j'ai feuilleté un fascicule sur la grossesse trouvé dans la chambre de ma mère. Elle était alors enceinte de mon frère (tonton Valentin). La dernière page affichait une photo terrifiante, inoubliable, de quelque chose qui ressemblait fort à la tête d'un bébé sortant de l'endroit par où on fait pipi. J'ai posé des questions à ta grand-mère, elle les a balayées d'une caresse sur ma joue. Le livret a ensuite disparu, offrant l'opportunité à mon imagination d'ajouter de l'horreur à l'image avant de la graver dans ma mémoire. J'ai décidé très jeune de ne pas avoir d'enfant, ou alors il faudrait qu'ils sortent d'un autre « par où on fait pipi » que le mien. Quand j'ai rencontré ton père, le désir de créer un être qui ressemblerait à cet homme que j'aime tant a enseveli mes peurs.

Tout au long de la grossesse, j'ai pratiqué la pensée positive pour faire plier l'angoisse : tu naîtrais un jour de soleil radieux, les contractions se contenteraient de me chatouiller, la sage-femme se déplacerait en dansant, ton papa me déclamerait son amour, il ne ferait ni chaud ni froid, la radio diffuserait Radiohead, je pousserais deux ou trois fois dans le pire des cas, dans le meilleur je n'aurais qu'à éternuer, tu arriverais en pleine forme, on te poserait sur moi, tu accrocherais ton regard au mien, des larmes dévaleraient mes joues sans déformer mon visage, ton père nous embrasserait, et voilà, on serait une famille.

Ce n'était pas censé se passer comme ça.

Tu n'étais pas censée naître avant d'être prête.

Je n'étais pas censée être mère avant de le devenir.

Thomas

9 h 08

Bonjour mon chéri,
c'est maman. Comment s'est
passée ta deuxième nuit ?
Pense à bien t'hydrater, il va
faire très chaud aujourd'hui.
Bises. Maman

10 h 43

Tout va bien ? Maman

11 h 34

Oui, je dormais. Bisous
Mam.

11 h 35

Bises mon chéri. N'oublie pas
de boire. Maman

11 h 36

De l'eau, évidemment. Bises.
Maman

5

Élise

Ma fille a vingt-trois ans aujourd'hui.

Je l'appelle à minuit pile, heure de Londres.

— Hello maman !

— Joyeux anniversaire, ma chérie !

— Merci ! Bien joué, t'es la première.

Je sais qu'elle devine mon sourire satisfait. C'est mon petit défi personnel : chaque année, je tiens à être celle qui inaugure ce jour de fête. Après tout, c'est aussi mon anniversaire. Vingt-trois ans que je suis maman.

J'entends Harry, son *boyfriend*, se gausser :

— Bwavo, belle-mum, vous avez encowe gagné !

— Je suis imbattable, ne lutte plus.

Charline me donne les dernières nouvelles de sa vie outre-Manche, je lui raconte mes derniers jours, elle me demande si je vais bien, je mens, on se souhaite une bonne nuit, et puis le silence.

Ce silence qui hurle dans mes oreilles.

J'allume la télé pour ne pas m'entendre penser. Sur TF1, des gens se tirent dessus. Sur France 2, des gens font l'amour. Sur France 3, des gens dînent en famille. Sur France 5, des gens débattent. Sur M6, j'éteins la télé.

Édouard ronfle à mes pieds.

J'aimerais que le sommeil arrive, mais lui aussi est parti habiter ailleurs. Alors, je laisse les idées noires me grignoter. La nostalgie vit la nuit.

J'ai toujours redouté leur départ. À la naissance de Charline, un changement s'est opéré en moi. Alors que, auparavant, j'entretenais des rapports plutôt amicaux avec le temps, je me suis mise à lui reprocher de filer. Pendant toute la grossesse, ceux qui étaient déjà passés par là m'avaient prévenue : « Profite, ça passe trop vite. » J'accueillais poliment leur conseil, mais je les trouvais insupportables. Dès le premier cri de Charline, je suis devenue une des leurs. Le temps ne s'écoule plus de la même manière depuis que je suis mère.

Mes vingt-trois dernières années ont été consacrées à mes enfants. Je ne me suis pas sacrifiée. Devenir mère a donné un sens à ma vie. Enfin, j'étais utile. Enfin, je comptais pour quelqu'un. C'est égoïste, j'en conviens. Je ne l'ai pas calculé : la maternité a réparé en moi ce que l'enfance avait abîmé.

Je les ai nourris, changés, caressés, bercés, apaisés, écoutés, soignés, réconfortés, protégés, gâtés, adorés, admirés, compris, éveillés, consolés, encouragés, câlinés, accompagnés, éduqués. Je les ai vus grandir, se lancer à quatre pattes, sur deux pieds, dans le grand bain, dans une relation, dans la vie active. J'ai vu la petite fille qui n'osait pas danser à la kermesse présenter son projet face à une assemblée. J'ai vu le bébé qui pleurait dès que je m'éloignais entreprendre des études à Paris. Avec eux, j'ai connu mes plus puissantes joies, mes plus terribles peurs, mes plus beaux souvenirs. J'ai mal quand ils ont mal, je sèche leurs larmes en retenant les miennes. Ils ont pris toute la place dans mon cœur. Ils ont rempli tous mes vides.

J'ai souvent songé à leur envol. À chaque fois, le même pincement. Je le chassais à coups de formules toutes faites : « C'est la vie », « S'ils partent, c'est qu'ils sont assez solides », « On ne fait pas des enfants pour soi ». Mais une seule parvenait réellement à me consoler : « On a le temps. Nous n'y sommes pas encore. »

Nous y sommes.

Après vingt-trois ans de temps plein, je suis désormais mère à la retraite.

6

Lili

Tu es si petite, pourtant tu prends tellement de place.

Quinze heures que je t'observe, dans ton incubateur, entourée de tuyaux et de fils. Je suis descendue à la minute où j'ai eu l'autorisation de me déplacer en fauteuil roulant. Ils disent que je devrais me reposer, mais j'y songerai plus tard, après, quand tes poumons, ton estomac, ton existence ne dépendront plus de machines.

Tu es au rez-de-chaussée, ma chambre est au troisième, ton papa me promet de rester avec toi, arguant que sa sieste de deux heures lui a fait du bien, que j'ai besoin de dormir. Il a raison, mes bras tremblent et ma tête tangue, mais ce dont j'ai le plus besoin, c'est de garder les yeux ouverts. Si je les ferme, j'ai peur que tu t'éteignes.

Comme si détourner les yeux te donnerait l'occasion de nous faire faux bond, comme si te dévisager pouvait t'empêcher de mourir. Comme si la vie ne s'enfuyait qu'à l'abri des regards.

Pour tuer le temps, et ne pas trop penser, je t'écris. Ton papa m'a apporté un carnet à la couverture jaune. Tous les soirs, je pose des mots qui s'adressent à toi, sans savoir si un jour tu les liras.

La puéricultrice qui s'occupe de toi s'appelle Florence. Elle a les cheveux bruns et le sourire apaisant, elle te parle comme si elle t'aimait, alors moi je l'aime aussi. Je ne lui ai posé qu'une question : « Va-t-elle s'en sortir ? » C'est tout ce qui compte, mon amour. Que ça prenne des mois, des années, que je doive passer toutes mes nuits debout, que tu n'entendes pas bien ou que ta vue soit bof, ça n'a aucune importance, pourvu que tu vives. J'ai imaginé trop de choses, j'ai des plans pour les quarante ans à venir, cinquante si je me mets au sport, j'accepte de faire une croix sur tes cours de guitare ou ton mariage sous les arbres, je veux bien renoncer à t'enfiler des bonnets à tête de chat et aux dessins animés sous la couette, mais pas à toi.

Florence m'a expliqué que tu étais en détresse respiratoire à cause d'une immaturité de tes poumons. Que tu étais très fatiguée, trop pour te nourrir seule. Elle a assuré qu'ils faisaient leur possible pour que tout se passe au mieux. Cela ne me suffit pas. Je veux qu'elle me promette que tu vas vivre. Qu'un jour, même lointain, on quittera la maternité avec toi, comme les parents béats que je croise dans les couloirs. Je veux qu'elle me jure que tu dormiras dans ton petit berceau, que tu bouleverseras nos jours, que tu bousilleras nos nuits, que, dans quelques années, ce ne sera pas un drame, mais un mauvais souvenir.

Mais elle ne peut pas. Ici, on n'offre pas de garantie. On est au service de réanimation néonatale, pas chez Darty.

7

Élise

Je n'ai jamais attendu un lundi avec autant d'impatience. Même travailler me paraît plus doux que rester à la maison. J'arrive au bureau en avance, seuls Nora et Olivier, son casque vissé dans les oreilles, sont déjà présents. Un paquet est posé sur le clavier de mon ordinateur. Ma collègue me sourit :

— Je me suis dit que t'aurais besoin d'un remontant.

Une belle tranche d'ossau-iraty et un petit pot de confiture de cerise. C'est la première fois qu'un fromage me noue la gorge.

— Tu veux me raconter ? me demande Nora.

Je secoue la tête en désignant Olivier du regard. Elle comprend que je ne souhaite pas me livrer devant lui et me tend un couteau.

— J'ai l'air si déprimée ?

— C'est pour le fromage ! s'esclaffe-t-elle.

Je n'ai pas le temps de l'entamer, madame Madinier, la responsable du service, fait son entrée. Elle me serre la main avec un sourire sarcastique :

— Alors, ça y est ? L'oiseau a quitté le nid ?

Je ne réponds pas. Il en faut davantage pour la décourager.

— Vous ne pensiez tout de même pas qu'il allait rester jusqu'à cinquante ans. On ne fait pas les enfants pour soi, je ne comprends pas cette manie qu'ont les femmes de s'approprier leur progéniture. C'est un second départ, profitez-en pour découvrir de nouvelles choses, vous êtes encore jeune, que diable !

En vingt ans, j'ai appris à connaître madame Madinier. Elle a un avis sur tout et ne peut s'empêcher de le partager, surtout si on ne le lui demande pas. C'est plus fort qu'elle, comme un spasme. Les femmes sont ses cibles favorites. Ces fainéantes osent bénéficier d'un congé maternité, alors qu'elle a repris le travail une semaine après son accouchement. Sans péridurale, évidemment, c'est pour les lâches. Et que dire de toutes ces dévergondées qui ont l'outrecuidance de porter des minijupes, des décolletés, du rouge à lèvres, voire les trois à la fois. Et après, ça va pleurnicher parce qu'on les tripote. Les premières semaines, je me taisais, je ne pouvais me permettre de perdre cet emploi, mais je m'y rendais chaque matin avec un nœud au ventre. Rapidement, n'y tenant plus, j'ai tenté de lui faire comprendre que ses propos étaient inacceptables. J'ai vite saisi que c'était inutile. Pire, cela semblait l'exciter.

Alors, à l'instar de tous mes collègues, je l'entends déverser son fiel, mais je ne l'écoute pas, comme une musique de fond irritante qui ne s'arrêtera pas avant la dernière note. Après tout, peut-être la vie des autres est-elle plus facile à juger que la sienne.

Sans même me regarder, elle poursuit son monologue :

— Si vous avez besoin de compagnie, prenez donc un chinchilla ! Ou un homme, tenez ! Pourquoi ne trouvez-vous pas un compagnon ?

Olivier retire son casque et ricane ostensiblement. Madame Madinier me dévisage. Elle attend une réponse. Déstabilisée, je bégaie :

— Parce que… euh… je n'ai pas…

Nora vole à mon secours en l'interrogeant sur une facture reçue. Je me jette sur le fromage.

J'en suis à la croûte quand ma collègue s'accroupit à côté de moi. Les deux autres se sont enfin plongés dans leur travail plutôt que dans ma vie.

— Tu devrais faire de la danse africaine, chuchote-t-elle.

— Pardon ?

— Madinier, elle a pas la lumière à tous les étages, mais sur ce coup elle a pas totalement tort. Ton existence n'est pas finie parce que tes enfants sont partis. Tu rentrais toujours direct après le boulot pour retrouver ton fils, maintenant tu as du temps pour toi. Si tu restes enfermée, tu vas déprimer. Y a pas des activités qui te plairaient ?

Je réfléchis quelques secondes.

— Je n'y ai jamais pensé… Je crois que j'aimerais bien dessiner, ou jouer du piano.

— Merde, Élise, t'as même pas cinquante ans ! Tu veux pas faire de la poterie, tant qu'on y est ?

— Ah, pourquoi pas ?

Elle lève les yeux au ciel :

— Tu m'épuises. Viens à mon cours de danse africaine le mardi soir, je suis sûre que tu vas kiffer !

— Nora, tu es adorable, mais tu as vingt-sept ans. On n'a pas exactement la même forme physique.

— On s'en fout ! Chacune va à son rythme, le but, c'est de prendre du plaisir. Et puis, y a tous les âges, tu ne seras pas la seule vieille.

Elle pouffe en prenant conscience de ce qu'elle vient de dire. Nora est arrivée dans le service voilà trois ans, sa bonne humeur en bandoulière. Je la regarde glousser, je pense à mon appartement vide, je m'imagine suer au son des tambours, je pense à mon appartement vide, j'entends les plaintes de mes articulations, je pense à mon appartement vide, et j'annonce à Nora que d'accord, pourquoi pas, je serai là mardi soir.

8

Lili

Le pire, c'est la nuit. Déjà que je ne l'aimais pas avant.

J'ai réglé le réveil toutes les trois heures pour tirer mon lait. Je n'étais pas sûre de t'allaiter. Je m'étais dit que j'essaierais, sans pression.

Je n'obtiens encore que quelques millilitres à chaque fois, mais savoir que je te fournis de la force est important pour moi. C'est sans doute une manière de pardonner à mon corps de ne pas avoir su te protéger.

Il était quatre heures du matin quand le réveil a sonné. Dans la chambre voisine, un nouveau-né hurlait. J'ai envié sa mère. J'ai repensé à tous ces gens qui nous avaient généreusement prévenus : « Profitez, après vous ne dormirez plus ! » Je donnerais pas mal de choses pour que tu m'empêches de dormir.

J'ai appuyé sur la télécommande pour relever le haut du lit, j'avais mal, l'impression que la cicatrice allait se déchirer. J'ai essayé de m'asseoir, en faisant glisser mes jambes, en m'aidant des barreaux, en roulant sur le côté. Au bout de cinq minutes, j'ai dû me rendre à l'évidence : je n'y arrivais pas seule. Comme toutes les nuits, ton papa dormait sur un petit lit d'appoint. Je l'ai appelé en chuchotant. En murmurant. En chantonnant. Il a grogné, s'est tourné, m'offrant son visage ensommeillé plutôt que son pyjama à mi-cul, et il s'est rendormi. Je l'ai hélé plus fort, il a soufflé. Je lui ai lancé la télécommande.

— Putain, Lili, ça va pas ?

— Je suis désolée, je n'y arrive pas toute seule.

— Et tu peux pas appeler la sage-femme ? Y a une sonnette, je te signale.

— Pardon. Je pensais que mon mari pouvait faire ça.

Il s'est levé en soupirant :

— Excuse-moi, je suis vraiment fatigué. Donne-moi ta main, je vais t'aider.

Je l'ai repoussé et j'ai explosé :

— Tu es fatigué ? Sérieusement ? De quoi tu es fatigué, mon pauvre chaton ? D'avoir vomi pendant trois mois ? De t'être fait ouvrir le ventre comme un colis ? D'avoir perdu un litre de sang ? De passer ton temps à te traire dans des bouteilles ? De devoir supplier pour aller pisser ? De ne pas trouver le sommeil tellement tu es terrorisé ? Putain, dis-moi ce qui te fatigue autant, mon chéri, que je puisse t'aider à te reposer !

J'ai appuyé sur la sonnette. Il est retourné se coucher en silence.

La sage-femme m'a prêté main-forte pour me lever et installer le tire-lait. J'ai commencé la collecte en essayant de chasser mes pensées. En vain.

Je tremblais de rage. C'est pratique, la colère, pour camoufler la tristesse ou la peur, pour ensevelir la culpabilité ou la honte. C'est l'émotion joker, qui prend la place de celles qui nous encombrent et nous permet de mieux encaisser, tout en nous transformant en parfaits tyrans. Je connais bien le phénomène pour l'avoir déjà expérimenté. Il y a quelques années, simultanément, j'ai surmonté la plus grande épreuve de ma vie et fait fuir la quasi-totalité de mes amis.

J'ignore pourquoi ton papa a catalysé ma colère. Peut-être parce que je le trouve trop serein. Je suis heureuse mais terrorisée, il est heureux, sans mais. Il admire ton petit nez sans voir le masque qui le recouvre, il s'émeut de toi en faisant abstraction des câbles qui te relient à la vie, il prend les choses comme elles viennent, pas comme elles pourraient venir. Peut-être parce qu'il peut rentrer chez nous s'il le veut. Peut-être parce que tout le monde le trouve formidable de ne pas le faire. Peut-être parce qu'il se trouvait là, tout simplement. On maltraite mieux ceux qu'on aime.

J'ai été injuste.

J'ai laissé l'ouragan s'épuiser, puis j'ai murmuré :

— Je suis désolée.

Il n'a pas répondu. Son cul me contemplait.

J'ai fini de tirer mon lait, j'ai rappelé la sage-femme pour qu'elle range le flacon au frais et je me suis recouchée. Je glissais dans le sommeil quand la voix de ton père m'est parvenue :

— Tu n'es pas plus inquiète parce que tu le dis à voix haute.

Charline

Coucou ma chérie, c'est maman ! J'ai vu qu'il y avait eu un accident de bus à Londres, fais-moi un petit signe. Bises. Maman

Hello maman, c'est Charline qui t'écrit de l'au-delà. Je savais bien que j'aurais dû prendre le vélo.

Ah ah. Tu as loupé une carrière d'humoriste.
Si tu circules à vélo, n'oublie pas le casque. Bises. Maman

9

Élise

Depuis qu'Édouard n'est plus boudin de porte, il se consacre à sa nouvelle carrière de castor. Il a attaqué la table basse, les pieds du buffet de l'entrée et le placard de la cuisine. Je suis étonnée qu'il ne chie pas des copeaux. Le vétérinaire affirme qu'il est dépressif.

— Son maître est parti, il le vit comme un abandon. Je prescris un traitement, mais il sera inefficace seul. Vous devez l'aider à sortir du marasme. Jouez avec lui, parlez-lui, faites-lui sentir qu'il est important.

Sur la route du retour, je l'observe dans le rétroviseur. Allongé sur la banquette arrière, la tête posée sur ses pattes avant, il contemple le vide avec un air mélancolique.

Je ne sais pas ce que je vais faire de ce chien. Mes états d'âme m'encombrent déjà, je ne peux pas prendre en charge les siens. Je me gare en bas de l'immeuble, saisis mon téléphone et lance un appel. Thomas décroche au bout de trois sonneries.

— Salut Mam !

— Salut, mon chéri. Comment tu vas ?

— Super ! C'est urgent ou je peux te rappeler plus tard ?

Un bruit me fait me retourner. Je sursaute. La tête d'Édouard est à quelques centimètres de la mienne, ses oreilles frétillent, et sa queue joue les métronomes. Il a entendu la voix de son maître.

— Rien d'urgent, je voulais juste des nouvelles.

— OK, bisous !

— Bises, mon…

Il a raccroché.

Il me faut plusieurs minutes pour réussir à persuader Édouard de descendre de la voiture. Il se traîne jusqu'à l'entrée de l'immeuble et gravit l'escalier comme si la mort l'attendait en haut. Je l'encourage sans conviction, mais l'abattement est plus fort que moi.

Ma patience appartient au passé quand on arrive à destination. Je ferme à clé, range mes chaussures et fonce aux toilettes. Édouard s'assoit face à moi et me fixe de son œil droit. Je claque la porte en grognant. Les enfants de l'appartement du dessus courent bruyamment. Leur mère leur crie de se calmer.

Quand je sors, le chien n'est plus là. Dans la cuisine non plus. Pas dans la chambre de Thomas. Ni dans la mienne. Après l'avoir hélé dans toutes les pièces, c'est dans le salon que je le trouve. Monsieur s'est tranquillement installé sur le canapé. En me voyant arriver, il tourne la tête et contemple le mur.

— Édouard, descends de là.

Aucune réaction.

— Allez, hop, tu sais que c'est interdit !

Il ne bouge pas. Sa tête est presque à 180°, ses oreilles sont plaquées, et ses yeux écarquillés ne quittent pas un point sur le mur. Ce génie croit vraiment que, s'il ne me regarde pas, je ne le vois pas.

Je ne peux m'empêcher de rire, provoquant immédiatement le déblocage de sa queue. Rien d'autre qu'elle ne bouge, frénétiquement, mais sur une faible ampleur, comme s'il cherchait à la contrôler. Sans réfléchir, je lance en direction de la chambre de mon fils :

— Thomas, viens voir ton chien !

Évidemment, seul le silence me répond. Il m'arrive souvent d'oublier qu'il n'est plus là. À chaque fois, la même gifle.

10

Lili

Ce matin, tu es montée au service de néonatalogie, au quatrième étage. Tu n'as plus besoin d'être en
couveuse, une table chauffante te suffit. Ils affirment
que c'est encourageant.

Le service est découpé en trois zones : bleue, rose
et verte. Tu te trouves dans la deuxième.

Tu as ton propre box, fermé par une porte vitrée.
Les volets sont baissés, afin que la lumière ne
t'agresse pas. Autour de ton berceau, des machines,
un fauteuil bleu, une chaise, une table, des tiroirs
pour ranger tes affaires, du matériel de soin et, au
mur, un tableau blanc sur lequel on peut dessiner,
écrire ou accrocher des photos, pour personnali-
ser ton premier chez-toi. Ici, on peut venir à l'heure
qu'on veut, de jour, de nuit, et rester aussi longtemps
qu'on le souhaite. « Vous êtes chez vous », ils ont dit.

Jusque-là, je n'avais pas osé te prendre dans mes bras.
Ils me répétaient que ça te ferait du bien, que les effets
du peau à peau avec les parents étaient incroyables, je
répondais que j'avais peur que tu aies froid, que je ne

voulais pas te déranger, tu dormais si bien. La vérité, c'est que ce n'était pas pour toi que j'avais peur.

Je savais bien que ce serait foutu, si je te sentais contre moi.

Ce matin, j'ai dit d'accord.

Je me suis assise sur le fauteuil bleu, j'ai retiré mon tee-shirt et mon soutien-gorge, et j'ai attendu qu'ils te posent sur moi. La puéricultrice s'appelait Estelle. Elle était d'une douceur qui ne s'apprend pas. Elle ne parlait pas, elle chantonnait. Elle m'a aidée à t'installer en prenant garde à ne débrancher aucun fil. J'avais peur, tu sais, de ces peurs qui précèdent les rencontres importantes.

Tu étais juste en couche. Tu as immédiatement trouvé ta position, recroquevillée contre mon ventre, ton minuscule visage posé sur mon sein. Je ne voyais pas le masque, je ne sentais pas les tuyaux. Je n'entendais plus les bips.

Je savais bien que ce serait foutu.

J'avais les jambes qui tremblaient et, un peu plus haut, sous la cage thoracique, dans un endroit qu'on appelle le cœur, une déflagration.

J'ignore si tu vas vivre, mon amour, mais je vais prendre le risque. Et si ça tourne mal, et si le pire arrive, au moins j'aurai senti ton petit ventre se soulever contre le mien, tes petites mains s'agiter sur ma peau, au moins j'aurai touché du doigt ce sentiment surpuissant, inconditionnel, au moins je serai devenue mère.

J'ai regardé l'heure.
Mardi 18 septembre, 9 h 43.
L'instant précis où je t'ai reconnue.

11

Élise

J'ignorais que nous avions autant d'eau dans le corps. Avec ce que je suis en train de suer, nous pourrions régler la pénurie de la planète. Nora, parfaitement sèche, me lance des sourires d'encouragement. Le cours de danse africaine a commencé depuis dix minutes et, déjà, je regrette de n'avoir pas opté pour la poterie.

La prof s'appelle Mariam. Grande, les cheveux ras, parée de couleurs vives et de bijoux dorés, elle rit fort et chacun de ses gestes semble appartenir à une chorégraphie. Elle est née pour danser. Je ne la quitte pas des yeux. Je me suis aventurée à regarder le miroir, je suis encore sous le choc. Je préfère m'imaginer aussi gracieuse qu'elle.

— Tu t'en sors super bien ! me lance ma collègue.

Je tente de la remercier, mais le souffle me manque. Je me concentre sur la musique, j'essaie de suivre les pas, je sautille, un pied, l'autre, je balance mes bras, je sue, je souffle, je souffre, je découvre des muscles dont j'ignorais l'existence et, manifestement, ils sont

rancuniers. Pourtant, je ne déteste pas. Au contraire.
Je retrouve des sensations engourdies.

Plus jeune, avant le mariage, avant les enfants,
j'aimais danser. Tous les samedis soir, le rituel était
immuable : au volant de ma Renault 5, je passais
prendre Muriel, puis Sonia, et enfin Caroline. Dans
le poste, une cassette diffusait nos titres préférés,
enregistrés à la radio. Nous arrivions au Macumba
aux alentours de minuit, et, après avoir salué toutes
les têtes connues, nous rejoignions la piste. Dans la
brume nicotinée, sous les lumières colorées, aux
sons de Cock Robin, Midnight Oil, INXS, Depeche
Mode, A-Ha ou Niagara, j'oubliais l'heure, la fatigue,
les chagrins.

Mariam annonce la pause. J'ai envie de l'embrasser. Je vide ma gourde tandis qu'elle s'approche
de moi.

— Alors, qu'en penses-tu ?

Je hoche la tête en reprenant mon souffle :

— J'aime bien, mais j'ai du mal à suivre. Je n'ai
plus vingt ans !

Elle éclate de rire :

— Quel âge tu as ?

— Bientôt cinquante.

— Tu es plus jeune que moi.

Cette fois, c'est moi qui pouffe. Nora intervient :

— C'est vrai, Mariam a presque soixante ans.

De près, je remarque ce qui était passé inaperçu :
les rides qui barrent son front, ses paupières plissées,
le gris de ses cheveux qui repoussent.

— L'âge est une prison, affirme la prof. Je refuse de me laisser enfermer. Il y a des vieilles de vingt ans, moi je suis une jeune de soixante ans ! C'est à toi de décider.

Je hausse les épaules :

— Je suis désolée, mais mes genoux ne sont pas d'accord avec vous.

Son rire redouble :

— Viens toutes les semaines, je te promets qu'à la fin de l'année tes genoux auront de nouveau vingt ans. Allez, les filles, on y retourne !

Je lance un regard mauvais à l'horloge. Ses aiguilles sprintent pendant la pause et font du surplace pendant l'effort. Mariam sélectionne la musique, et la torture reprend.

À la fin du cours, je suis une flaque. Tout le monde s'applaudit tandis que je tente péniblement de reprendre forme humaine. Nora m'encourage :

— T'as assuré, je suis épatée !

— Je te déteste.

Elle s'esclaffe :

— Je savais que ça te plairait. Je suis heureuse que tu reviennes la semaine prochaine.

La voix de Mariam s'élève, interrompant mes plans de vengeance.

— Au fait, mesdames, avant que vous partiez, l'association « Petits pas », dont je fais partie, recherche des bénévoles. Si vous avez un peu de temps libre, une réunion d'information se tiendra vendredi.

J'ignore si l'abus de sport peut provoquer des crises de paranoïa, mais j'ai le sentiment désagréable qu'elle ne me quitte pas des yeux.

— Ça consiste en quoi ? interroge une voix.

Mariam me sourit, comme si j'avais posé la question :

— À câliner des nouveau-nés hospitalisés.

12

Lili

Je n'avais envie de voir personne. Je n'avais pas le courage de discuter, d'expliquer. Quand je vais mal, je me recroqueville. Je traverse mon chagrin en solitaire. Mais on nous a dit que ce serait bien, pour toi, de recevoir des visites.

Ton papy (mon père) a ouvert le bal. Ton papa est allé le chercher à l'accueil de la maternité. Tu dormais contre moi. Il est entré tout doucement, avec son sourire comme un déguisement, il a déposé une bise sur mon front, m'a caressé la tête et, sans un mot, avec son regard, il m'a demandé s'il pouvait t'embrasser. Quand ses lèvres ont effleuré ta tempe, j'y ai vu flou.

Après ton papa, le mien est la première personne qui a su, pour toi. Tu ne mesurais que quelques millimètres, on était encore dans la période où les risques de fausse couche étaient élevés, mais je ne voulais pas attendre. Même si c'était éphémère, même si on devait le lui reprendre, au moins on lui aurait offert ce bonheur.

Il s'est assis face à nous et m'a tendu un paquet. Je lui ai fait signe que mes bras étaient occupés, il a ri nerveusement. Ton père a ouvert, c'était un doudou avec un gros ventre et de longues jambes.

Il a avoué, en chuchotant, que c'était la vendeuse qui l'avait aidé à choisir. Je ne sais pas pourquoi, mais ça m'a bouleversée, de l'imaginer dans ce magasin, à la recherche d'un cadeau pour toi.

Il n'est pas resté longtemps. Il a parlé de choses légères, comme pour me contaminer, il a demandé quand tu allais sortir, je n'ai pas osé lui répondre qu'on n'en était pas au « quand », mais plutôt au « si ». En partant, il t'a dit « à bientôt, ma chérie », et ça m'a éventré le cœur.

Ta marraine est arrivée un peu plus tard. C'est ma plus ancienne amie. La première fois que je l'ai vue, c'était à notre rentrée en CP. Elle était chaussée de ballerines roses merveilleuses. Quelques jours plus tôt, j'avais supplié ma mère de me les acheter, mais elles coûtaient trop cher. J'avais eu des baskets et une sucette offerte par la vendeuse, pour sécher mes larmes. Quand la maîtresse nous a demandé de choisir une place dans la classe, je me suis assise à côté de la petite fille aux ballerines roses. Depuis vingt ans, main dans la main, on a appris à lire, à écrire, à pardonner, à embrasser des garçons, à dormir tête-bêche, à faire le mur sans réveiller les parents, à se comprendre, à garder des secrets, à se perdre, à se pardonner, à surmonter l'insurmontable. Quand ma vie s'est fracassée, à treize ans, beaucoup ont fui ma douleur, mais la main de ta marraine n'a pas quitté la mienne. Patiemment, elle m'a regardée ramasser tous les morceaux, elle m'a aidée à les recoller, acceptant que certains ne soient pas tout à fait à la bonne place, que je ne sois plus exactement la même. Un an plus tard, quand son existence a volé en éclats, nos mains se sont rivées à jamais. L'amitié, parfois, ça tient à une paire de souliers roses.

Elle est entrée dans le box, m'a serrée fort et t'a caressé le pied, elle ne pouvait pas plus.

— Alors, petite puce, tu veux déjà te faire remarquer ?

Elle avait préparé sa blague. C'était bon que quelqu'un s'adresse à toi comme si tout était normal.

Elle t'a apporté un doudou, jaune avec de grandes oreilles, et avait aussi un paquet pour moi :

— Y a pas de raison qu'on ne gâte que le bébé. Merde, c'est quand même toi qui te tapes les hémorroïdes !

C'était un fromage de chèvre et un bout de pain. Le meilleur cadeau. Alcool, huîtres, saucisson, j'ai supporté toutes les interdictions de la grossesse, parce que c'était pour ton bien. Pour la cigarette, j'avais anticipé en arrêtant de fumer deux ans plus tôt. Mais je n'ai pas passé un jour sans me plaindre du manque de fromage. J'ai essayé de me contenter de ceux qui étaient autorisés, au lait pasteurisé, mais aucun n'égalait le rocamadour, un cabécou au lait de chèvre cru. Tu me pardonneras, mais je t'ai confiée à ton papa le temps d'honorer mon cadeau comme il se devait.

Ta marraine était encore là quand tes grands-parents paternels sont arrivés. Tu étais toujours blottie contre le torse de ton père. Ils t'ont offert un doudou rose en double exemplaire, félicitations, tu vas pouvoir faire un élevage. Ta grand-mère t'a couverte de baisers, ton grand-père t'a murmuré combien tu étais jolie. J'ai vu que ton papa retenait ses larmes. J'ai profité du départ de ta marraine pour vous laisser. Je l'ai raccompagnée jusqu'en bas, j'ai même osé quelques pas dehors. Il faisait une chaleur sèche, j'avais oublié que c'était l'été. En ce moment, je vis en hiver.

Je remontais le long couloir, j'étais presque à ton box, quand la voix de ta grand-mère m'est parvenue. J'ai compris qu'elle s'adressait à ton papa :

— Peut-être que si elle avait fait plus attention, on n'en serait pas là.

— Maman…

— Je dis ce que je pense ! Elle aurait dû arrêter de travailler, je l'avais prévenue, elle n'en a fait qu'à sa tête. On est bien avancés, maintenant.

J'étais tétanisée, au milieu du couloir. Ils ne me voyaient pas. Estelle, la puéricultrice, m'a lancé un regard interrogateur, j'ai secoué la tête. J'ai attendu la réponse de ton père, elle n'est pas venue. Alors, je vous ai rejoints, et ta grand-mère m'a accueillie en souriant et en complimentant ma bonne mine.

Ils sont partis peu après. Estelle les y a poussés en annonçant qu'il était l'heure des soins.

Je n'ai pas voulu en discuter devant toi. Tu as besoin d'ondes positives, pas d'entendre tes parents se déchirer. J'ai attendu qu'on regagne notre chambre. Je ne suis jamais plus fragile que quand je viens de te quitter.

— Tu aurais pu me défendre.

— De quoi tu parles ?

— Tu le sais très bien. Ta mère m'accuse d'être responsable de la prématurité de notre fille, et toi tu ne dis rien.

Il a avancé la main vers moi, j'ai reculé.

— Lili, tu connais ma mère, tu sais que ça ne sert à rien…

Il a essayé de me consoler, de me raisonner, mais je suis restée silencieuse jusqu'à ce que le sommeil vienne me faucher. Je ne lui en voulais pas. J'étais bien trop occupée à m'en vouloir à moi.

Depuis ta naissance, la culpabilité est devenue ma dame de compagnie. Et si j'avais mangé plus de légumes ? Et si j'avais arrêté de travailler ? Et si j'avais demandé à ton papa de porter les sacs de courses ? Et si je n'avais pas passé l'aspirateur ?

C'est mon corps qui a failli, c'est moi la coupable.

J'aurais aimé que ton père fasse semblant de ne pas le penser.

Charline et Thomas

8 h 56

> Bonjour mes chéris, c'est maman. J'ai mal partout. Vous saviez qu'on avait des muscles sous les pieds ? Je vais manger des pâtes. Bises. Maman

**Charline
9 h 44**

> Hello ! Je ne savais pas que les pâtes faisaient disparaître les courbatures. Gros bisous Mamoune.

9 h 46

> Je ne crois pas que ce soit le cas. Bises. Maman

**Charline
10 h 32**

> Alors pourquoi nous dire que tu vas manger des pâtes ?

Parce que je vais manger des pâtes. Bises. Maman

Thomas
11 h 07

Vraiment passionnant.

13

Élise

Allongée sur mon lit, je contemple le plafond. Je ne suis que douleur et souffrance. Mon corps me fait payer mon audace. Je gémis à chaque mouvement, pourtant je les économise. J'ai l'impression d'avoir été labourée. Si un jour, sait-on jamais, j'ai besoin de torturer quelqu'un, je l'inscrirai à un cours de danse africaine.

Édouard m'observe depuis l'entrée de ma chambre. Il me juge. Je vois la lueur dans son œil droit. S'il le pouvait, il ricanerait.

Je me lève, avec difficulté mais sans treuil. Édouard s'agite, il a envie de sortir. Je m'habille aussi vite que me le permettent mes membres endoloris, j'attache la laisse au cou du chien, je ferme la porte et j'appelle l'ascenseur. Cinq minutes plus tard, je me résigne. Il est encore hors service. C'est le nouveau jeu préféré des jeunes de l'immeuble : provoquer une panne d'ascenseur.

Descendre quatre étages les jambes raides n'est pas une mince affaire. Je suis un compas. Je prie pour ne croiser personne, alors, évidemment, en arrivant en bas, je tombe sur madame Di Francesco.

Elle me salue d'un hochement de tête cordial, puis trottine jusqu'à son appartement. Je sais ce qu'elle va y faire. Madame Di Francesco avait quatre-vingts ans quand son mari est décédé. Depuis, elle a huit ans. Tous les matins, absolument tous les matins depuis plusieurs mois, elle glisse sa frêle silhouette vers les boîtes aux lettres et gratifie les autres locataires de petits présents personnalisés. Ensuite, elle se poste derrière l'œilleton de sa porte, située face au hall d'entrée, et y passe la majeure partie de la journée, afin d'épier les réactions. Elle n'est pas discrète, elle hurle de rire.

Tous les soirs, au milieu des courriers et des publicités, je retrouve des glands. Parce que mon nom est Duchêne. Elle doit en posséder des stocks. Je m'estime heureuse, monsieur Laroche, du deuxième, reçoit des cailloux, la famille Moussa des copeaux de savon, et les Lapin des rondelles de carottes.

Édouard m'entraîne dehors, nous marchons jusqu'au carré vert le plus proche, monsieur ne consentant à déposer son dernier repas que sur l'herbe – ou sur mon tapis. Il renifle pendant de longues minutes, mais aucun endroit ne l'inspire. Ma montre affiche mon retard.

— Allez, Édouard, fais ta petite affaire, je dois me préparer et aller travailler. Mets-toi en position et pousse !

Je prends conscience des mots que je viens de prononcer. Je regarde autour de moi, personne ne semble m'avoir entendue. Je n'aurais jamais cru me transformer un jour en pom-pom girl pour un système digestif canin.

Édouard ne s'en émeut pas et poursuit sa promenade olfactive. Mon téléphone vibre dans ma poche, la photo de ma fille s'affiche sur l'écran. Immédiatement, mon cœur s'emballe. Mes enfants m'envoient des messages, répondent à mes appels, mais en émettent rarement. Je ne leur en tiens pas rigueur, au contraire, je suis heureuse qu'ils aient une vie remplie, mais, par conséquent, lorsque cela arrive, je ne peux m'empêcher d'imaginer le pire. Les pleurs dans le haut-parleur. La voix d'un pompier. Une phrase qui fait tout chavirer.

— Hello Mamoune !

Sa voix est enjouée. Mon cœur récupère son rythme, les oiseaux reprennent leur concert, le soleil se rallume.

— Bonjour ma chérie, tout va bien ?

— Super ! Je peux venir passer le week-end chez toi ? Quelle question.

— Bien sûr. Vous serez tous les deux ?

— Non. Juste moi.

— Tu es sûre que tout va bien ?

— Oui, oui. Je te laisse, j'arrive au bureau. Je t'envoie mon heure d'atterrissage dès que j'ai réservé le billet. Bisous Mamoune, bonne journée !

— Bonne j…

Elle a raccroché.

Édouard gratte le sol. Il a terminé.

Dans le hall de l'immeuble, monsieur Lapin peste en ouvrant sa boîte aux lettres. Je raconterai l'anecdote à Charline, cela l'amusera. Et nous irons au cinéma. Ou nous nous concocterons un plateau télé, comme au bon vieux temps. Je préparerai des rillettes de thon, elle en raffole. Au pied de l'escalier, alors que je cherche la motivation, Édouard se statufie. Il refuse d'avancer. Je tire sur la laisse, ses pattes glissent sur le sol, mais son corps reste figé. Je n'ai plus le temps de négocier. Je soulève l'animal récalcitrant dans mes bras et gravis les marches. Ce n'est qu'à mi-chemin que je prends conscience que, depuis l'appel de ma fille, la joie a mis une raclée à la douleur.

14

Lili

Pour la première fois, plutôt que de retourner dans notre chambre, ton papa et moi avons déjeuné dans la salle des familles.

C'est une pièce garnie de tables, de chaises, d'un petit coin cuisine et d'un canapé, tout au bout du couloir. On peut y stocker de la nourriture, s'y restaurer, y recevoir ses proches. Des jouets, des livres et une télé permettent aux autres enfants de passer le temps, et aux parents de prendre une bouffée d'air.

Il y avait la maman des triplés du box 8, qui mangeait en feuilletant un magazine, les parents du bébé d'à côté et, perdue dans ses pensées face à la fenêtre, une mère qui ne quitte jamais le service, dormant chaque nuit sur le canapé de la salle des familles. On s'est salués poliment, puis chacun est retourné dans sa bulle. C'était étrange, comme si on prenait tous soin de ne surtout pas croiser le regard des autres.

Ton papa était allé nous acheter des sandwichs au rez-de-chaussée, c'était tellement dégueulasse que mes dents ont failli se déchausser. Ils doivent se donner du mal pour proposer de la nourriture assortie à l'humeur des gens. Je mastiquais lentement lorsqu'une énième alarme a sonné. On a beau être habitués, ça produit toujours le même effet. On a tous levé la tête, puis notre corps tout entier quand les puéricultrices se sont agitées. Je n'ai pas le pouvoir de lire dans les pensées, mais je sais exactement ce qu'espérait chacun d'entre nous : que ça tombe sur d'autres.

C'est tombé sur d'autres. Le couloir a émis un hurlement sauvage, le cri animal d'une mère déchiquetée. Comme un réflexe, j'ai couru jusqu'à toi, je t'ai soulevée aussi haut que les câbles me le permettaient, et j'ai enfoui mon nez dans ton cou. Pour la première fois, je me suis sentie chanceuse. Quelques secondes plus tard, les bras de ton papa nous entouraient.

J'ignore combien de temps on est restés comme ça, tous les trois connectés.

Plus tard, un médecin nous a rendu visite. Il s'est présenté, docteur Bonvin, responsable de l'unité. La cinquantaine dans le rétroviseur, les joues rondes, les mains couvertes de tatouages et de longs cheveux gris en queue-de-cheval. On ne peut pas annoncer de mauvaises nouvelles avec une telle allure.

Il n'a pas perdu de temps :

— Je me suis laissé dire que vous étiez très inquiète quant à l'avenir de votre enfant.

Il avait la voix grave, mais ses mots étaient enveloppés dans du papier de soie. Je t'ai reposée doucement. Il a poursuivi :

— Elle est arrivée avec une détresse respiratoire due à une MMH, maladie des membranes hyalines.

66

C'est une pathologie à laquelle nous sommes habitués, nous savons la traiter. Votre fille réagit bien, elle n'a besoin que d'une petite bulle d'oxygène, j'ai bon espoir qu'on puisse arrêter à court terme, pour passer à une simple assistance respiratoire. Ensuite, elle devra apprendre à s'alimenter seule.

Il m'a fallu plusieurs secondes pour comprendre.

— Vous êtes en train de me dire qu'elle va s'en sortir ?

Je ne reconnaissais pas ma voix. Il a souri :

— Disons que votre fille ne fait pas partie des patients pour lesquels je me fais du souci. Vous risquez de rester parmi nous encore un petit moment, mais tout devrait bien se passer.

J'ai ordonné à mes larmes de ne pas jaillir, elles ont désobéi.

— Désolée, j'ai bafouillé. J'ai eu tellement peur...

Le médecin a secoué la tête :

— Vous n'avez pas à être désolée. C'est plus facile, pour nous, de ne pas être inquiets, on connaît les pathologies. Parfois il y a des surprises, heureuses ou tragiques, néanmoins on a une idée de l'évolution de chaque bébé. Pour vous, parents, c'est le brouillard. Nous ne sommes pas du même côté.

Une puéricultrice l'a appelé, il t'a caressé la tête et a quitté le box. Je me suis jetée dans les bras de ton papa, j'ai laissé mes sanglots emporter l'angoisse, le chagrin, la culpabilité, puis on t'a annoncé la bonne nouvelle. On allait s'en sortir.

15

Élise

Le rendez-vous a lieu dans les bureaux de l'association. Dans une petite pièce, les tables forment un U et une femme écrit sur un tableau. Elle se présente, Hélène. C'est elle qui a répondu à mon appel, hier.

J'ai composé le numéro fourni par Mariam sur un coup de tête. Des émotions contradictoires me submergeaient à chaque fois que je m'imaginais câliner des nouveau-nés hospitalisés, je ne pouvais pas les ignorer.

La conversation a été rapide. Hélène m'a posé quelques questions, avant de me proposer de me greffer à la réunion d'information qui se tiendrait le lendemain soir.

Nous sommes onze. Hélène commence par nous décrire l'association. Elle œuvre pour le bien-être des enfants hospitalisés, une vingtaine de bénévoles se relaient au chevet des petits patients, dans tous les services pédiatriques. Le but est de leur faire oublier la maladie et l'enfermement, en jouant, lisant, discutant avec eux. Puis, elle en vient au sujet qui nous concerne :

— Il nous manque des bénévoles en néonatalogie. Ce service accueille les bébés, pour la plupart des prématurés, mais aussi des nourrissons à terme qui souffrent de pathologies nécessitant une prise en charge médicale. L'hôpital a récemment ouvert une nouvelle aile, ce qui permet de recevoir un plus grand nombre de nouveau-nés issus de toute la région. On a besoin de câlineurs, c'est ainsi que l'on appelle les bénévoles chez nous, dans d'autres cliniques ce sont des berceurs ou des dormeurs, mais le but est le même : prendre les bébés dans les bras, leur parler, les dorloter, leur offrir de l'affection.

Une femme d'une soixantaine d'années lève la main. Hélène lui donne la parole.

— On peut choisir les nourrissons dont on veut s'occuper ?

— Non, on ne choisit pas, réplique-t-elle sèchement. Nous sommes là pour répondre à des besoins, pas pour jouer à la poupée. Les études montrent que les nouveau-nés qui reçoivent des câlins arrivent mieux à réguler leur rythme cardiaque, leur température, mais cela permet aussi d'atténuer la sensation de douleur et de renforcer leur bien-être en réduisant leur stress. Malheureusement, tous les enfants ne bénéficient pas de la présence permanente de leurs parents, alors nous…

— Pourquoi ? la coupe le grand chauve assis à ma droite.

— Pourquoi quoi ? questionne Hélène.

70

— Pourquoi des parents laissent leurs bébés seuls ?

La formatrice prend le temps de noter quelques mots sur son cahier, puis répond :

— L'une des qualités principales d'un bénévole, c'est de ne pas être dans le jugement. Tous les parents ont leurs raisons, l'une n'est pas plus valable que l'autre. Certains habitent à plus de deux heures de route, certains ont d'autres enfants à gérer, et personne pour les garder, il y a des mères qui ne sont pas en capacité physique de se déplacer, à cause d'un accouchement difficile par exemple, des baby blues qui empêchent le lien de se créer, ou encore des parents trop terrorisés pour se confronter à la réalité. Nous ne sommes pas là pour les remplacer, seulement pour prendre le relais, momentanément. Nous avons d'ailleurs besoin de leur accord pour câliner leur bébé.

L'homme acquiesce en silence, une jeune femme secoue la tête. Hélène poursuit son exposé, avant de nous lister les obligations dues au bénévolat. Nous devons être libres au moins une fois par semaine, à jour et horaires fixes, nous engager sur une durée minimum d'un an, fournir un extrait de casier judiciaire, rencontrer un psychologue, effectuer une journée de stage et un mois d'essai.

— Y a-t-il des questions ? interroge Hélène quand elle a terminé.

Il y en a. La formatrice répond patiemment, puis nous reçoit individuellement dans le bureau adjacent.

Dix minutes chacun, le temps de sonder nos motivations.

Je ne m'y attendais pas. Si j'avais su, j'aurais préparé un texte. Je cherche mes mots, je tente de trouver des arguments convaincants, de lui plaire, mais mes idées font des nœuds et je ne parviens qu'à bafouiller des banalités. Hélène prend des notes, me remercie de ma présence et m'invite à laisser la place à la personne suivante. Je me lève, je sais que c'est fichu, cela ne devrait pas me toucher, pourtant j'ai envie de pleurer. C'est au moment d'ouvrir la porte que ça sort, ça vient de tout au fond, là où c'est brut, là où c'est vrai :

— J'ai beaucoup d'amour à donner, mais plus personne pour le recevoir. Toutes les nuits, je fais des câlins à mes souvenirs.

Hélène lève la tête de son cahier, sourit et me demande si je suis disponible mercredi prochain, pour la formation.

16

Lili

Le bébé du box voisin est rentré chez lui. En faisant ses adieux à l'équipe, sa maman souriait et pleurait en même temps. Elle avait l'air triste de les quitter. J'ai observé cette scène à travers la porte vitrée en songeant que, si on sortait un jour, la seule chose qui pourrait me faire pleurer, ce serait un oignon.

Le box n'est pas resté vide longtemps, un incubateur est arrivé, suivi d'un père hagard. J'ai essayé de lui envoyer un sourire rassurant, il m'a ignorée. Quand on vient de se prendre le ciel sur la tête, on a des nuages dans les yeux.

Et parfois, une éclaircie.

Comme ce matin, où Florence nous a appris que, depuis la nuit dernière, tu parvenais à te contenter de la plus infime quantité d'oxygène.

— C'est un énorme progrès ! elle a affirmé avant de t'installer contre moi.

Sur le tableau blanc, ton papa a dessiné le « W » de Wonder Woman et écrit « Wonder Baby ». Ça te va bien.

Et puis, la psychologue est venue. C'était la première fois qu'on la voyait. Elle s'appelle Eva, elle parle tout doucement, elle chuchote presque.

Elle m'a écoutée lui raconter. Ton attente, tes échographies, tes coups de pied, ton arrivée, tes poumons, ton estomac, tes pleurs, ton sommeil, tes minuscules mains, tes progrès, ton regard. Elle ne m'a pas interrompue une seule fois. Elle a attendu d'être sûre que j'aie fini, elle a planté ses yeux dans les miens, et elle m'a demandé :

— Cette petite fille a l'air formidable. Et vous ? VOUS. Comment allez-vous ?

Elle chuchote presque, mais ses mots font beaucoup de bruit.

J'ai répondu que je ne savais pas trop, que, malgré les paroles rassurantes du pédiatre, la peur engourdissait toutes les autres émotions. Alors, elle s'est assise, a fixé ses cheveux avec un crayon, et elle m'a annoncé, d'un ton grave :

— Vous n'avez pas accouché que d'un enfant, mais de deux.

J'allais lui demander si elle cultivait sa propre drogue, mais elle a poursuivi :

— Vous avez mis au monde votre fille, mais pas uniquement. J'ai la joie de vous présenter votre petit deuxième : il s'appelle Angoisse. C'est un enfant vorace, qui se nourrit essentiellement de larmes, de peur et de colère, à toute heure, à tout endroit, il n'est jamais rassasié. Il souffre du syndrome d'abandon, il ne tolère pas qu'on le laisse seul, la nuit, le jour, il sera là, près de vous. Il se peut que vous le trouviez également égocentrique, c'est normal. Il a besoin de toute l'attention, toute la lumière. Pour s'en assurer, il se manifeste régulièrement, avec une nette préférence pour les moments où on ne s'y attend pas. Je ne vous cache pas qu'il n'est pas facile à vivre, mais c'est la tradition. Il est offert à tous les nouveaux parents, en guise de bienvenue. C'est le secret le mieux gardé de la parentalité.

J'ai levé les yeux au ciel, je fais souvent ça quand la personne en face de moi a raison et que je refuse de l'admettre. Elle venait de mettre des mots sur ce que j'éprouvais depuis ta naissance. Une chose était née en moi, une chose dont je pressentais déjà qu'elle ne me quitterait plus jamais.

Je n'ai jamais été d'un tempérament anxieux. Plus jeune, j'étais même plutôt de ceux qui réfléchissent après l'action et s'accommodent des conséquences. Anticiper n'a jamais été mon fort, et cela s'appliquait à tout. Prévoir la possibilité qu'un événement advienne ou, pire, tourne mal ne m'était jamais arrivé. La plus grande épreuve de ma vie n'avait fait que renforcer ce trait de caractère. J'avais appris que le destin ne se laissait pas influencer par les prévisions. On a beau se barricader, faire des incantations, tout organiser, se prémunir de tout danger, quand le sort a décidé de frapper, il frappe. Foncièrement, fondamentalement, j'étais inébranlable.

Avant ta naissance, je n'avais jamais ressenti ces symptômes. J'ai la gorge comme un nœud, le ventre comme un trou, je sursaute au moindre bruit. Toutes mes couches de protection ont été arrachées, je me balade à poil, dans une forêt enneigée peuplée de chasseurs, une cible autour du cou. Voilà, c'est ça. Tu es ma cible, mon talon d'Achille. Désormais, j'aime quelqu'un plus que quiconque, plus que moi-même. Désormais, je suis vulnérable.

17

Élise

Il y a du monde au supermarché.

J'ai listé les ingrédients et je remplis le chariot, rayon par rayon. Des boissons, des fruits de mer, du pain, des œufs, des légumes, des friandises, du fromage, surtout, elle n'en trouve pas facilement à Londres.

Notre tout premier plateau télé a eu lieu un jour de grippe, il y a sept ou huit ans. Je tenais difficilement debout, les enfants étaient fiévreux, nous étions restés au lit une partie de la journée. Le soir, je n'avais pas eu la force de préparer le dîner. J'avais rassemblé sur la table basse quelques mets à grignoter, nous avions inséré un DVD dans le lecteur et, sur le canapé recouvert de couettes, nous avions passé une aussi bonne soirée que nos microbes. C'est ensuite devenu une habitude. Régulièrement, à la faveur d'un film attirant, d'une journée difficile ou d'un besoin de réconfort, nous garnissions nos plateaux et passions quelques heures, ensemble, à l'abri du reste.

Je prends un magazine de mots mêlés. Charline y excelle. À chaque fois qu'elle séjourne à la maison, elle noircit les carnets empilés sur le carrelage des toilettes.

J'achète des DVD. J'ai vérifié, le lecteur fonctionne toujours.

Ma fille doit atterrir à treize heures. Je ne l'ai pas vue depuis près de deux mois. Elle est venue en juillet, passer une semaine de vacances, retrouver ses amies, profiter de la plage non loin d'ici. Pendant sept jours, j'ai eu mes deux grands bébés avec moi. Cela n'arriverait plus de sitôt, avec le départ programmé de Thomas. Je me suis gavée d'eux. J'ai pris des centaines de photos floues, Charline se moque toujours de moi à ce sujet, j'ai écouté leur respiration la nuit, je les ai entendus débattre, de l'environnement, de la politique, me réjouissant secrètement de les voir si bien construits. Nous avons des désaccords, certains sujets nous opposent, certains traits de leur caractère me déplaisent, certains comportements me contrarient, mais jamais je ne me suis autorisée à le leur reprocher. Je les ai laissés grandir tels qu'ils étaient, pas tels que je voulais qu'ils soient.

Alors, à dix heures, quand Charline m'annonce qu'elle ne viendra pas, finalement, que ce n'est que partie remise, promis Mamoune, je me concentre sur sa voix joyeuse, j'en déduis que tout s'est arrangé avec Harry, je fais taire mon pincement au cœur, et je vide le chariot, rayon par rayon.

18

Lili

Ce matin, à peine réveillée, j'ai eu besoin d'être avec toi. J'ai laissé mon petit-déjeuner sur le plateau, ton papa aux toilettes, je ne me suis pas douchée, j'ai enfilé mes bas de contention, les premiers vêtements qui me tombaient sous la main, et j'ai volé jusqu'à toi. Enfin, j'ai volé comme un oiseau qui viendrait de se prendre une décharge de chevrotine. Je dois me déplacer aussi souvent que possible sans fauteuil, mais chaque pas compte triple. Je peine à lever les pieds, j'avance le dos courbé, je couine, au jeu des sept erreurs avec un octogénaire je n'en trouve aucune.

Il est long, le chemin jusqu'à toi. Mon imagination a le temps de se faire des films, et ils n'ont pas tous de happy end. Je pousse la lourde porte, je désinfecte mes mains, et ce couloir qui n'en finit pas, est-ce que tu vas bien, je passe devant les box, d'autres nourrissons, d'autres parents, d'autres destins, je n'ose pas regarder, les machines hurlent, les bébés aussi, et si tu allais mal, je fixe la porte de ton box, ça a l'air calme, personne ne s'agite, et si tu étais morte, plus que quelques mètres, mon cœur cavale, je retiens mon souffle, prière silencieuse, et, derrière la vitre, le soulagement.

Tu étais vivante.

Florence s'occupait de tes soins. Je me suis approchée. Tu portais seulement une couche. Je ne suis jamais plus émue que quand tu n'as pas de vêtements. Il y a quelque chose de déchirant dans ces cuisses minuscules, ces bras frêles, dans cette poitrine qui se gonfle et se dégonfle comme si elle aspirait la vie. Tu t'es agrippée à mon doigt, j'ai observé ta peau marbrée, le duvet sur tes épaules, tes yeux encore dépourvus de cils, tu semblais si fragile, j'avais envie de te serrer de toutes mes forces, même celles que je n'ai pas, de sentir mon cœur battre contre le tien, qu'il lui montre l'exemple.

— Je vais changer son masque, vous voulez m'aider ?

Florence m'a expliqué qu'ils alternaient les tailles de masques afin d'éviter de marquer ou blesser ton nez. J'ai accepté, mais, en réalité, je n'ai pas été d'un grand secours. J'étais bien trop occupée à te contempler.

Hormis quelques secondes le jour de ta naissance, c'était la première fois que je voyais ton visage.

Tu avais les yeux grand ouverts, rivés au vide, la bouche en cercle, tu étais parfaitement immobile, appréciant cette sensation de liberté.

J'ai découvert ton nez retroussé, comme celui de ton papa, tes lèvres fines, les miennes, et cet ensemble qui n'appartenait qu'à toi. J'ai caressé ta joue, elle était chaude, j'ai pris une photo mentale pour ne jamais oublier, la machine a sonné, et Florence t'a enfilé le nouveau masque.

Je planais encore quand elle m'a coupé les ailes.

— J'ai appris que vous sortiez demain ?

Je savais que ça arriverait. Hier, la sage-femme m'a prévenue : ma cicatrice est jolie, je ne suis plus anémiée, les chambres sont rares et les patientes nombreuses. Ils n'ont plus de raison de me garder. « Voyez le bon côté des choses, peu de jeunes parents peuvent dormir la nuit », elle a ajouté en riant. J'ai lutté très fort pour ne pas lui offrir de nouvelles dents.

Je ne veux pas sortir. Tu es déjà trop loin à l'étage au-dessus. Chez nous, c'est le bout du monde.

On est restés avec toi jusqu'à trois heures du matin. C'était notre ultime nuit avant le retour à la maison, on ne parvenait pas à te laisser. Finalement, quand on a commencé à ronfler assis, on a consenti à faire le chemin vers notre chambre une toute dernière fois.

J'y voyais double, ton père trébuchait dans ses cernes, j'ai bien cru qu'on n'y arriverait jamais. Je me suis écroulée sur le lit inconfortable en songeant qu'il n'allait pas me manquer et, au moment où j'allais sombrer dans un demi-sommeil, j'ai entendu les sanglots de ton papa.

Charline et Thomas

10 h 33

Coucou mes chéris, c'est maman ! Je viens de vous expédier un colis, ne tardez pas trop à l'ouvrir. Je vous embrasse. Maman

Charline
10 h 45

Hello Mamoune ! Dis-moi que tu n'as pas envoyé un animal.

Thomas
11 h 46

Si c'est une oreille de papa, je préfère la droite.

11 h 50

Je ne sais pas qui vous a éduqués, mais c'est un échec. Bises. Maman

19

Élise

Je suis heureuse que le week-end se termine. Je ne sais plus quoi faire pour tromper l'ennui.

J'ai dégivré le frigo, récuré les toilettes, brossé le tapis de l'entrée, entamé la lecture de trois romans, abandonné la lecture de trois romans, regardé deux téléfilms déprimants, lavé Édouard, déplacé les meubles de ma chambre.

Nous sommes dimanche, il est bientôt vingt et une heures, je suis allongée sur le canapé, à fixer le plafond en me demandant comment je vais pouvoir occuper ma vie.

Quelle ironie, quand on songe que j'ai passé les vingt-trois dernières années à vouloir du temps pour moi.

Je ne compte plus les fois où j'ai trouvé un prétexte pour ne pas jouer au Monopoly avec Charline ou au Mille Bornes avec Thomas. Les fois où j'écoutais leurs histoires d'une oreille, en ayant hâte qu'elles se terminent. Les fois où je ne supportais plus de les entendre héler maman.

Je donnerais pas mal de choses, ce soir, pour acheter un hôtel avenue Foch.

Qu'on me rende les nuits blanches, les reflux, les coliques, les hurlements, le rouge à lèvres écrasé sur le mur, les dessins au caillou sur la voiture, le vomi dans le cou, les cauchemars, les passages affolés aux urgences pédiatriques, le téléphone flottant dans les toilettes, les cheveux coupés aux ciseaux à bout rond, les bagarres entre frère et sœur, la luge dans l'escalier, les heures de colle, les mauvaises notes, les gastro-entérites, les cigarettes cachées sous le matelas, les portes claquées, le premier chagrin d'amour. Qu'on me rende tous ces moments durs devenus doux, maintenant qu'ils n'existent plus que dans mes souvenirs.

Édouard me lèche la main. Je le repousse et me lève. L'ordinateur est allumé, je m'assois et m'empare de la souris. Juste avant son départ, Thomas m'a créé un compte sur Facebook. Je n'en avais pas vu l'utilité jusque-là, mais c'est un bon moyen de prendre des nouvelles de mes enfants sans leur en demander. J'apprends que ma fille a rencontré les grands-parents de Harry dans leur cottage, et mon fils une pinte de bière dans un bar. J'écris un commentaire :

« Celui qui conduit, c'est celui qui ne boit pas. »

J'ajoute une dizaine d'emojis clin d'œil en bénissant la personne qui a inventé ces petites icônes, qui me permettent de passer pour une blagueuse alors que je suis juste une mère pénible.

Au même moment, un autre message apparaît :

« Tu t'es bien adapté à la vie parisienne on dirait ! Profite, mon grand. Bisous. Papa. »

J'ignorais que mon ex-mari était sur Facebook. Son commentaire juste sous le mien, nous n'avons jamais été aussi proches depuis notre séparation, voilà dix ans. J'avale la boule qui s'est formée dans ma gorge.

Je devrais me déconnecter et finir ma soirée comme je l'avais prévu, mais c'est plus fort que moi. Je clique sur sa photo, son profil s'affiche, et son bonheur se répand sur mon écran. À Londres avec Charline et Harry, aux Seychelles avec Mathilde, au ski avec des amis, sur son canapé avec ses jumeaux de six ans contre lui. J'ouvre frénétiquement les clichés, je lis les commentaires de ses proches, qui étaient jadis les miens, et plus je déroule le fil de son existence, plus la mienne me semble insignifiante.

Je suis en train de vivre ce que j'ai toujours redouté. Je suis seule. Mes enfants sont partis, mes parents sont morts et ma plus chère amie, Muriel, habite à Los Angeles. Les autres se comptent sur les doigts d'une main, Leïla, jeune grand-mère débordée, Sophie, qui parcourt le monde avec sa famille, et Frédéric, accaparé par son entreprise. Afin de ne pas nous perdre de vue, nous nous sommes fait une promesse, que nous tenons scrupuleusement : une fois par an, toujours à la même date, nous passons une journée ensemble. Je pensais en avoir davantage, mais certains se sont sentis obligés de choisir un camp, lors de notre divorce. Pas le mien.

Je n'ai jamais souffert de la solitude. Ma fille et mon fils me comblaient. Je refusais d'entendre ceux qui arguaient que les enfants n'étaient qu'une partie de notre existence, qu'il était important de ne pas vivre uniquement pour eux, sous peine de se retrouver seule dans un nid vide. Cela ne m'arriverait pas, à moi, pensais-je. Charline et Thomas étaient bien trop proches de moi pour s'envoler loin. Ils resteraient à Bordeaux, et nous continuerions de nous voir souvent, quand bien même nous n'habiterions plus ensemble. Nous résidions dans une grande ville, qui disposait d'écoles réputées et ne manquait pas d'emplois. C'était d'ailleurs l'une des raisons qui m'avaient empêchée de nous installer à Biarritz, après la séparation. La région offrait moins de possibilités, nombre de jeunes partaient effectuer leurs études ailleurs. C'était présomptueux et égoïste.

Un drôle de bruit, plop, s'échappe de mon ordinateur. Je scrute l'écran en quête de sa provenance, et mon sang se fige quand je comprends. J'ai cliqué sur « j'aime » sous une photo de mon ex-mari. Je tente de réparer mon erreur, mais cette fois, à la place d'un pouce en l'air, c'est un cœur qui s'affiche. Puis un bonhomme en colère. Au bout de trois essais, je parviens à supprimer la preuve de ma curiosité. Dans la seconde qui suit, un message m'informe qu'il souhaite m'ajouter à sa liste d'amis. Je referme brusquement l'ordinateur, le cœur qui cogne dans mes tempes.

Quelle idiote. J'ai été surprise par mon ex en train de fouiller dans ses tiroirs. Il va songer que sa vie m'intéresse.

Un profond soupir me tire de ma séance d'autoflagellation. Édouard me toise. Je suis sûre qu'il me juge. Il aurait tort de s'en priver, le spectacle que j'offre en ce moment est pathétique. Mon existence est en noir et blanc et j'attends, immobile sur mon canapé, le retour des couleurs. Peut-être est-il temps de sortir les feutres.

20

Lili

J'ai dormi avec ton doudou. Florence m'a conseillé de le glisser contre ma poitrine pour qu'il s'imprègne de mon odeur. Ainsi, quand on te laissera, tu nous sentiras quand même près de toi.

Quand la sage-femme est venue m'ausculter, j'ai prié pour qu'elle trouve une raison de me garder hospitalisée. Mais mon corps va bien. Elle m'a confirmé ma sortie avec le sourire qui accompagne les bonnes nouvelles, je l'ai remerciée avec le sourire qui encaisse les mauvaises. Le lit est moins confortable que le sol, il faut se doucher à trois heures du matin pour espérer avoir de l'eau tiède, la nourriture est dépressive, pourtant je ne veux pas partir.

On habitait dans un studio, avant. En plein centre-ville, au quatrième étage d'un immeuble en pierres, on avait nos commerçants préférés, le cinéma au bout de la rue et le bureau à dix minutes. Quand on a appris ta présence, on s'est mis en quête d'un logement plus spacieux. On en a visité beaucoup, des trop loin, des trop petits, des trop vétustes, des trop chers, des trop-tard-c'est-déjà-loué, mais toutes ces déceptions ont fait sens le jour où on a mis un pied chez nous. C'est une petite maison bardée de bois, posée sous un tilleul, avec la forêt à deux pas et le soleil qui cogne contre la baie vitrée du salon. On a repeint ta chambre en blanc, installé des étagères en forme de nuages, une applique étoile, ne manquent que ton lit et une commode, on n'a pas eu le temps de les acheter. Je ne veux pas rentrer « chez nous » sans toi. Désormais, nous, c'est avec toi.

Quand la sage-femme est partie, ton papa a quitté son lit d'appoint et s'est glissé dans le mien, tout contre moi. Il n'a rien dit, mais ça voulait tout dire.

Je n'ai pas mis longtemps à tout ranger. J'étais pressée de venir te retrouver. J'ai tout jeté dans le sac, mes vêtements, tes pyjamas, les cadeaux, les papiers. Il y a une semaine, j'élaborais la liste des choses à ne pas oublier dans la valise de maternité. Je me réjouissais à l'idée de choisir ta première tenue, celle que tu porterais sur les photos. Je n'ai pas eu le temps de l'acheter.

Ton papa m'attendait à la porte avec les sacs, je faisais un dernier tour pour m'assurer que l'on avait tout pris quand il m'a demandé de regarder dans le lit. Il n'y avait rien. Il a insisté, il était sûr que j'avais oublié quelque chose. J'ai secoué les draps, le lit était vide. Il n'était pas convaincu :

— Tu as soulevé l'oreiller ?

— C'est toi que je vais soulever, si tu continues.

Il a ri.

J'ai soulevé l'oreiller en soupirant, il cachait une petite boîte rouge. La suite paraît assez évidente, pourtant, même quand j'ai découvert une bague ornée de trois perles, j'ai passé quelques secondes à me dire qu'ils devaient avoir un gros budget, dans cette maternité, pour offrir un bijou à toutes les nouvelles mamans. Et puis, mon regard est tombé sur ton papa, qui avait un genou à terre, et j'ai compris qu'il ne posait pas de la moquette.

Ma bouche s'est ouverte en grand, aucun son n'en est sorti, je ressemblais à une carpe hors de l'eau, mais il en fallait plus pour le freiner.

— Lili, je suis passé devant la bijouterie, j'ai vu cette bague, elle était en promo, trois perles pour le prix d'une, alors je l'ai achetée et, pour fêter ça, j'ai pensé qu'on pourrait se marier. T'es d'accord ?

La carpe était sonnée, j'ouvrais et je fermais la bouche en écarquillant les yeux, il a dû avoir peur que je fasse une attaque, il a donc précisé :

— C'était pour rire, je veux t'épouser parce que tu es la femme de ma vie, la mère de notre fille, tu es forte et…

Je ne l'ai pas laissé finir, je lui ai sauté dessus en lui disant que j'étais d'accord pour fêter dignement la belle économie qu'il venait de réaliser.

Charline

18 h 45

Hello Mamoune ! J'ai bien reçu ton colis, pourquoi tu m'as envoyé des légumes ??? Bisous

18 h 47

Coucou ma chérie, j'en avais acheté un peu trop, j'ai pensé que ça vous ferait plaisir de manger autre chose que des hamburgers. Tu as vérifié ton taux de cholestérol récemment ? Bises. Maman

19 h 01

Maman, je ne suis plus un bébé.

19 h 01

Tu seras toujours mon bébé. Tu veux une recette de soupe ? Bises. Maman

21

Élise

Pour respecter ma résolution de m'installer au gouvernail au lieu de me laisser flotter, j'ai décidé de m'adonner à des activités seule. J'ai beau fouiller ma mémoire, je ne me souviens pas de ma dernière sortie sans l'un de mes enfants ou Muriel, lors de ses séjours en France.

Nous sommes trois dans la salle de cinéma. J'ai choisi le film au hasard. Lorsque je me suis retrouvée face aux différentes affiches, je me suis rendu compte que je ne savais plus ce que j'aimais. Mes goûts se sont dilués dans ceux de Charline et Thomas. À la maison, au cinéma, c'étaient eux qui sélectionnaient le programme. Ce qui me plaisait, c'était ce qui leur plaisait. La jeune femme à la caisse attendait que je me décide, mais j'étais comme sonnée par cette découverte : j'avais passé plus de vingt ans à vivre à travers mes enfants. Je ne connaissais plus mes goûts. Je ne savais plus qui j'étais. Pressée par la jeune femme, j'ai fini par opter pour l'affiche qui m'attirait le plus.

J'ai pris du pop-corn caramélisé. Le pot est déjà bien entamé à la fin des publicités.

Le film commence.

Il fait nuit. Une voiture roule sur une route au milieu de la forêt. Le poste diffuse un morceau de Katy Perry. Dans l'habitacle, tout le monde chante. Le père, au volant. La mère, tenant dans sa main un micro imaginaire. Les deux enfants, à l'arrière. Le véhicule tombe en panne. Plus de musique, plus de moteur. Le père descend en sifflotant. Ouvre le capot. Essaie de repérer le problème, en s'éclairant avec son téléphone. Un bruit attire son attention. Cela vient de la forêt. On dirait un rire. Il dirige la lumière vers les arbres, ne voit rien, retourne à son moteur. Le bruit se rapproche. Le père ne siffle plus. Tout a l'air normal, sous le capot. Tout à coup, des hurlements. Les enfants. Le père se précipite vers la portière, les vitres sont badigeonnées de sang, il ouvre, une masse sombre surgit, mon pop-corn sursaute, je détourne le regard, me bouche les oreilles et quitte la salle noire, dos à l'écran, en crabe, terrorisée.

Je prends l'autoroute pour rentrer. Je n'allume pas la radio. Je me gare au pied de mon immeuble. Je ne relève ni mon courrier ni mes glands. J'emprunte l'ascenseur. Je m'enferme à double tour. Édouard me saute dessus. Je hurle. Il s'aplatit au sol, je m'accroupis pour le caresser. Nous commençons tous deux à nous apaiser lorsque quelqu'un frappe à la porte. À pas de loup, je m'approche et regarde dans le judas.

94

Monsieur Lapin me fixe droit dans l'œil. J'ouvre la porte :

— Bonjour monsieur Lapin.

— Votre chien hurle toute la journée, il faut le faire taire.

Je braque les yeux sur Édouard. Sur le dos, les pattes en l'air, il contemple le vide.

— Vous êtes sûr que c'est le mien ? Je suis très étonnée, je n'ai quasiment jamais entendu le son de sa voix.

— Je ne suis pas un menteur. Depuis dix jours, c'est insupportable. J'ai besoin de calme, moi.

Mon chaleureux voisin a besoin de calme, quand il ne retape pas des meubles à minuit. Depuis qu'il est à la retraite, il court les déchetteries et les locaux à poubelles, pour y récupérer toutes sortes d'objets, car « on sait jamais, ça peut servir ». Des outils, des guéridons, des chaises, des jouets, des livres, des tableaux qu'il entasse chez lui ou sur le palier, en attendant de leur découvrir une utilité.

— Je m'en occupe, monsieur Lapin. Je vais me renseigner auprès des autres voisins.

— Faites ce que vous voulez, mais trouvez une solution. La prochaine fois, j'appelle les flics.

Manifestement, il n'a pas eu sa dose de carottes.

Je n'ai pas à mener l'enquête longtemps, la locataire de l'appartement d'en face me confirme que, en mon absence, Édouard se prend pour une cantatrice.

Je me laisse tomber sur le canapé en tentant d'analyser la situation. Lorsque Thomas vivait ici, Édouard demeurait souvent seul en journée. Pourtant, il n'a jamais aboyé. Cela valide le diagnostic du vétérinaire : il est dépressif. Il ne supporte plus sa solitude, et les voisins non plus. Pour eux, pour moi, et avant tout pour lui, je ne vois qu'une solution : je dois convaincre mon fils de prendre Édouard chez lui.

22

Lili

Je n'ai pas pleuré en te disant au revoir. On t'a gardée contre nous toute la journée, on t'a câlinée, parlé de ta chambre, de tes cousins, de notre chat, on t'a raconté ce qui t'attendait, comme pour te donner envie. On a collé des photos de nous sur le tableau blanc, on a dessiné plein de cœurs, on t'a répété qu'on t'aimait, on a repoussé notre départ, on s'est rassasiés de toi, on t'a repue de nous. Quand Estelle, la puéricultrice qui chantonne, a promis qu'elle nous préviendrait à la moindre alerte, on a décidé de rentrer.

J'ai déposé le doudou portant mon odeur près de toi et je t'ai dit au revoir sur le même ton que d'habitude, bonne nuit mon amour, fais de beaux rêves, on se voit demain, je t'aime plus que tout. Je ne voulais pas que tu sentes une différence. Il paraît que c'est ça, être parent : faire passer les émotions de son enfant avant les siennes, lui sourire quand on a envie de pleurer, écouter sa journée d'école quand on rêve de dormir, jouer aux petits chevaux quand on veut tout plaquer, le rassurer quand on est prêt à tuer tout le monde, le consoler quand on a besoin de hurler.

Dans l'ascenseur, machinalement, j'ai enfoncé le bouton du troisième étage. Ton papa m'a souri et a appuyé sur celui du rez-de-chaussée.

Je ne pleurais toujours pas, et je n'en avais pas envie. C'était pire que ça.

C'est en passant les portes automatiques que je l'ai violemment ressenti. Le vide. Un trou béant dans les entrailles. Je ne portais plus la vie. Tu n'étais plus dans mon ventre, mais pas encore dans mes bras.

Chaque nouveau pas me donnait un peu plus le sentiment de t'abandonner. Je t'imaginais, seule dans ton box, et ça me déchiquetait le cœur. Bien sûr, les puéricultrices et les auxiliaires étaient avec toi, mais tu n'étais pas l'unique bébé dont elles devaient s'occuper. Il y avait les berceuses bénévoles, mais elles se consacraient aux enfants dont les parents ne venaient jamais, ou presque.

La nuit était tombée, pourtant la chaleur demeurait écrasante. On a roulé les vitres baissées, ton papa conduisait lentement, il s'est même trompé de chemin alors qu'il le connaît par cœur, on ne se lâchait la main que quand il devait passer une vitesse.

Il a ouvert le portail et s'est garé dans le jardin. C'était étrange, je n'étais partie que depuis une semaine, pourtant notre maison semblait appartenir à une autre vie. Milou, notre chat, est venu se frotter contre mes jambes. C'est ton père qui lui a donné un nom de chien, ça l'amuse beaucoup. Je préfère taire les prénoms auxquels tu as échappé.

Je n'ai pas remarqué la voiture sur le trottoir. Je n'ai pas vu la lumière à travers le volet de la cuisine. La porte d'entrée s'est ouverte alors que je cherchais les clés dans mon sac. Ta grand-mère paternelle nous souriait, une casserole à la main. J'ai regardé ton père, il avait l'air aussi surpris que moi.

23

Élise

J'ai appelé Thomas, pour lui parler de son chien. Il est malheureux pour lui, mais son appartement est trop petit, il ne peut pas le prendre à Paris. En attendant d'avoir mon fils à l'usure, je ne pouvais laisser Édouard seul.

Il est assis à mes pieds, sous mon bureau. Il ne s'allonge pas, il reste sur le qui-vive. La nouvelle de sa présence a fait le tour des services et nombre de collègues sont venus constater par eux-mêmes la laideur de l'animal, le gratifiant d'une caresse au passage, pour leur karma. Même Olivier, d'ordinaire aussi avenant qu'une mycose, lui a gratté le cou.

— T'es sûre que c'est un chien ? me demande Nora en le fixant avec circonspection.

— Arrête, il a juste une drôle de tête.

— C'est fascinant, à mi-chemin entre la chauve-souris et le balai à chiottes, je suis…

Elle est interrompue par madame Madinier, qui sort de réunion.

— Qu'est-ce que c'est que cette horreur ? s'exclame-t-elle en se raidissant.

Nora glousse. Instinctivement, je ressens le besoin de prendre la défense d'Édouard :

— C'est un chien.

— Merci, je vois ! Je suis heureuse que vous ayez écouté mes conseils et trouvé un compagnon, mais était-il vraiment indispensable d'en faire profiter tout le monde ?

Je m'apprête à me justifier, à lui rappeler que plusieurs salariés de la société viennent travailler chaque jour avec leur animal, que c'est autorisé par la direction, que le PDG lui-même ne se déplace jamais sans son lévrier, mais sa remarque n'attendait pas de réponse. Elle continue son chemin et s'installe à son poste en maugréant.

À midi, le restaurant d'entreprise étant interdit aux animaux, je déjeune dehors. Une salade, dans le parc jouxtant mon bureau. Pour la première fois depuis le départ de Thomas, Édouard semble revivre. Il renifle frénétiquement le sol, tire sur la laisse, virevolte, sent le derrière de ses congénères et, quand l'odeur lui sied, sautille en remuant la queue pour fêter cette nouvelle amitié. Au bout d'une demi-heure, il a sympathisé avec un dalmatien, un caniche, un cane corso, un bull-terrier et un truc qui ressemble à une chèvre, mais qui aboie trop pour en être une. Moi, je n'ai sympathisé avec personne. Je ne tente pas, et je crois percevoir que les autres maîtres n'y tiennent pas particulièrement non plus, hormis le vieux monsieur au caniche, dont je connais en détail la dernière coloscopie. Ce contraste m'interpelle. Mon chien semble plus doué que moi. Petite, j'étais sociable. Je ne m'encombrais pas de timidité ou de convenances, si j'avais envie d'aller converser avec un autre enfant, je ne m'en empêchais pas, et j'étais toujours accueillie chaleureusement. Nous échangions parfois nos prénoms et quelques informations basiques, parfois nous passions directement au stade supérieur, et nous partagions un château de sable, un toboggan, des confidences, un moment. Je me souviens d'une fois, au parc, je devais avoir six ou sept ans. Sur le tourniquet, nous étions quatre enfants, et immédiatement une complicité s'était créée : à tour de rôle, chacun poussait la roue, pendant que les autres riaient à gorge déployée. Sur le banc, les parents avaient laissé une distance de sécurité entre eux et nous surveillaient, sans s'adresser un mot. Au retour, j'avais demandé à ma mère pourquoi les adultes ne jouaient plus. C'était simple, alors. C'est à l'adolescence que le changement s'est produit. Le regard des autres est devenu important. Ce qui se faisait, ce qui ne se faisait pas, primait désormais sur l'envie. Et puis, il y a eu les déceptions, les trahisons, les murs érigés pour se protéger, les douves creusées pour décourager les assaillants. Aujourd'hui, je suis devenue l'une des adultes du banc. Lorsqu'un inconnu m'adresse la parole, je me sens presque agressée. Je juge étranges ceux qui engagent la conversation dans les lieux publics. Quand je n'ai pas le choix, avec le facteur, avec un voisin, avec la boulangère, je me cantonne aux traditionnelles formules de politesse, en espérant que cela suffira à les dissuader.

Précédée d'Édouard, visiblement ravi de sa balade, je me dirige vers le bâtiment qui abrite mon entreprise, sans le quitter des yeux. Ce chien a le physique d'un Gremlins et l'odeur d'une station d'épuration, mais il a plus d'amis que moi. Dans cette période où je cohabite avec la solitude, je devrais probablement en tirer les leçons. Peut-être devrais-je détruire mes remparts et baisser le pont-levis. Je n'ai rien à perdre, tant que je n'ai pas à renifler le derrière de mes congénères.

24

Lili

Je n'ai pas beaucoup dormi. Florence m'avait expliqué que je pouvais les appeler aussi souvent que je le souhaitais pour prendre de tes nouvelles, de jour comme de nuit. Les trois premières heures, j'ai tenu bon, je ne voulais pas les déranger, elles étaient suffisamment occupées. J'ai téléphoné juste avant de me coucher. C'était une puéricultrice que je ne connaissais pas. Quand je lui ai donné ton prénom, elle est restée silencieuse un moment avant de m'apprendre que tu dormais paisiblement. J'ai raccroché en tremblant, le sang figé dans mes veines. Ces quelques secondes de mutisme avaient duré des heures. J'avais eu le temps d'imaginer qu'elle hésitait sur la manière de m'annoncer la terrible nouvelle, d'entendre ses mots, de ressentir la brutalité du choc, de visualiser la réaction de ton papa. Je n'ai pas pensé qu'ils m'auraient prévenue, ma raison avait été totalement engloutie par ma peur. Plus jamais je n'appellerai.

À cinq heures du matin, alors que je venais d'être assommée par le sommeil, un bruit de vaisselle cassée m'a réveillée en sursaut. Persuadée de découvrir le chat en pleine escalade des placards, comme à son habitude, je me suis dirigée vers la cuisine sans prendre le temps de me vêtir. Quelle ne fut pas ma joie de tomber sur ton grand-père paternel, en pyjama, affairé à ramasser des morceaux d'assiette. Il a bredouillé quelques explications, il avait eu une petite faim, pendant que je m'enroulais dans le rideau, à défaut de me pendre avec.

J'avais totalement oublié leur présence. Mon cerveau refuse de l'intégrer. Hier soir, quand on est rentrés, la maison était étincelante et un repas délicieux nous attendait. Même si j'avais envie de tout sauf de faire la conversation à mes beaux-parents, je les ai remerciés, c'était attentionné de nous avoir préparé cette surprise pour notre retour.

Ta grand-mère a rosi comme un magret :

— Oh, tu sais, Lili, c'est notre rôle de veiller au bien-être de nos enfants. Ne vous inquiétez de rien, on s'occupe de tout.

J'ai continué de mâcher ma crevette, inconsciente de ce qui se tramait.

— Nous dormirons sur le canapé, elle a poursuivi, à moins que vous teniez à nous laisser votre chambre ?

La crevette s'est coincée dans ma gorge.

— Comment ça ? j'ai articulé en lançant des regards effrayés à ton papa.

Il ne réagissait pas, absorbé par le curage de son avocat. J'ai posé mon pied sur le sien et appuyé doucement, il a gémi :

— Aïe ! Pourquoi tu m'écrases le pied ?

J'ai observé le noyau de l'avocat, j'ai résisté très fort à mon envie de jouer au basket, avec la bouche de ton papa en guise de panier, puis j'ai expliqué à ta grand-mère que c'était très généreux, merci infiniment, mais qu'on s'en sortait tout seuls, vraiment, ils avaient certainement beaucoup d'autres choses à faire.

Elle m'a regardée comme si j'étais en CP :

— Fais-moi confiance, Lili, je sais ce qui est bon pour vous. Le mieux est qu'on s'installe ici tant que la petite est hospitalisée. Quelqu'un veut du gratin dauphinois ?

Ton père a tendu son assiette, la discussion était close.

La voix de ton grand-père m'a ramenée dans la cuisine, à cinq heures du matin, vêtue de mon rideau et de ma honte. Il a nettoyé le sol, rangé le saucisson et le beurre, puis a quitté la pièce en me souhaitant une bonne nuit, alors qu'il venait d'y mettre un terme. J'ai lâché le rideau et examiné ma tenue en essayant de me persuader que ça aurait pu être pire. Je portais un tee-shirt froissé, une culotte taille haute garnie d'une protection périodique épaisse comme un traversin, et des bas de contention blancs qui m'arrivaient aux genoux. C'était vrai, ça aurait pu être pire. J'aurais pu avoir une plume dans le cul.

J'ai poussé la porte de la néonat aux aurores. Te voir a tout gommé. Tu dormais, entourée de l'espèce de boudin de tissu qui fait office de cocon, ton doudou posé à portée de main. Il était presque aussi grand que toi.

J'ai pris de tes nouvelles auprès de Laëtitia, l'auxiliaire de puériculture présente, tu avais passé une bonne nuit, même s'il avait fallu augmenter de nouveau le taux d'oxygène à cause d'une légère diminution de ta saturation. On m'avait avertie que des régressions viendraient inéluctablement émailler les progrès, pourtant l'angoisse a serré ses mains autour de ma gorge. J'ai attendu d'être dans la salle des familles pour m'effondrer.

Tu dois penser que je passe mon temps à pleurer, tu ne me croiras pas si je t'apprends que, avant toi, hormis ton grand-père et ta marraine, je n'avais jamais sorti mes larmes devant quiconque. Pas même ton papa. C'était devenu un défi, pour lui : réussir à m'extirper quelques sanglots. Il m'a fait visionner les films les plus tragiques, m'observant sans retenue à chaque scène sensible, il m'a fait lire les histoires les plus terribles, écouter les musiques les plus mélancoliques, il m'a raconté les faits divers les plus atroces, en vain. Mon chagrin était timide, il ne parlait pas en public. C'était trop intime. À choisir, je préférais montrer mes fesses que mes larmes. Je suis ravie, depuis ta naissance, des dizaines de personnes ont pu admirer les deux.

J'ai eu besoin d'un café. La salle des familles était plongée dans la pénombre. Le soleil se levait, les fenêtres du bâtiment d'en face commençaient à s'éclairer. J'ai allumé la cafetière en hoquetant bruyamment quand un claquement de langue m'a fait sursauter. Allongée sur le canapé, la maman qui ne quitte jamais le service me lançait un regard noir. J'ai bredouillé des excuses, puis déposé une tasse pleine à côté d'elle avant de te rejoindre. Je t'avoue que c'était plus par peur que par bienveillance. Cette femme m'effraie. Elle ne répond pas quand je la salue, je n'ai jamais entendu le son de sa voix, elle marche vite, ses gestes sont brusques. Chaque fois que je la croise, elle me regarde comme si elle allait faire de moi une nature morte, je dois me retenir pour ne pas placer mes bras en garde devant mon visage.

Ton papa nous a rejointes en fin d'après-midi. Il a repris le travail ce matin. Il t'a apporté trois nouveaux doudous, offerts par les collègues. Il ne lui a pas fallu longtemps pour mettre ses parents sur le tapis, même si j'aurais préféré qu'il les roule dedans.

— J'étais pas au courant, pour mes parents.

— Je sais. Tu leur as demandé de partir ?

Il a pris ma place sur le fauteuil, ôté son tee-shirt et tendu les bras afin que je t'installe contre lui, mais pas l'ombre d'une réponse.

— Tu leur as demandé de partir ?

Il a haussé les épaules :

— Ils cherchent juste à nous aider.

Il avait sans doute raison, mais cela ne changeait rien. On leur avait confié nos clés pour qu'ils nourrissent le chat, pas pour qu'ils emménagent avec nous.

— Je sais, j'ai répondu. Mais moi, je cherche juste à être tranquille quand je rentre chez moi.

— Tu les connais, ma puce, ça sert à rien de lutter. Ils sont pas méchants, ils veulent bien faire.

Je lui ai expliqué ce que je ressentais. Bien sûr que ses parents n'étaient pas de mauvaises personnes, ils faisaient leur possible pour nous rendre la vie moins difficile. Hier, au dîner, ta grand-mère avait anticipé le moindre besoin de ton papa : son verre était toujours rempli, son dessert servi à peine la dernière bouchée du plat avalée. J'avais été indépendante très jeune, peut-être souffrais-je d'une sensibilité exacerbée à ce niveau, mais je trouvais insupportable leur propension à nous considérer comme des enfants. À presque trente ans, il était temps de couper le cordon.

Il a prononcé sa réponse d'une voix douce, comme pour en atténuer la violence :

— Lili, j'entends ce que tu me dis, mais tu devrais être contente de ne pas avoir à t'occuper de la maison et de pouvoir te consacrer à notre fille. De toute manière, tu les connais, ils n'en feront qu'à leur tête. Mais, si ça te gêne, tu n'as qu'à voir ça avec eux.

Je n'ai pas surenchéri. Je savais que c'était peine perdue. Ton papa était incapable de s'opposer à ses parents, il avait bien trop peur de les décevoir. C'était un moindre mal si, pour l'éviter, il me décevait, moi.

25

Élise

En rentrant du travail, avec Édouard, je croise madame Di Francesco sur le parking, un panier dans une main, la laisse de son caniche dans l'autre. Elle lève le nez et contemple le ciel, mais le parterre de glands autour d'elle ne permet aucun doute : j'ai interrompu sa récolte.

Je la salue brièvement, elle me répond de la même manière, comme d'habitude. Je continue mon chemin vers l'immeuble lorsque ma récente prise de conscience vient me chatouiller. Je dois renifler mon prochain.

Je fais demi-tour et m'approche d'elle :

— Vous vous promenez ?

— Non, rétorque-t-elle, sur la défensive.

Je me fais violence pour ne pas abandonner mes projets de socialisation et ose une nouvelle tentative :

— Il fait chaud, hein ?

Elle me regarde comme si j'avais trois nez. En silence. J'ai trouvé une personne moins sociable que moi. Je m'apprête à renoncer quand Édouard saute sur son chien, qui ne réagit pas. Madame Di Francesco le toise sans sourciller :

— Il est rigolo. Comment s'appelle-t-il ?

Je n'avais jamais remarqué son accent. Les « r » roulent sur sa langue.

— Édouard.

Elle hoche la tête d'un air entendu :

— Cela lui va parfaitement. C'était le prénom de mon défunt mari. Edouardo.

— Je suis désolée.

— Pas moi. Il ressemblait à votre chien.

Je m'esclaffe, mais me ressaisis vite. Elle est sérieuse.

— Et le vôtre, il s'appelle comment ? je demande.

— Apple.

— Vous aimez les animaux ?

— Pas tellement. Mais je les tolère, contrairement aux humains.

Elle évite mon regard, mais le message est clair. Je lui souhaite une bonne soirée et j'enjoins à Édouard de me suivre. Assis aux pieds de la vieille dame, à côté de son nouvel ami, il m'ignore ostensiblement. Je tire légèrement sur la laisse, aucune réaction. Je dois presque le traîner jusqu'à l'entrée. J'ai réussi l'exploit de me faire détester par un chien qui aime tout le monde.

L'ascenseur va se refermer lorsque madame Moussa s'y engouffre. Elle porte sa plus jeune fille en écharpe et tient la main à la plus âgée.

— Maman, il faut que z'apporte des rouleaux de papier cul à l'école, mais ze peux pas te dire pourquoi, c'est une surprise pour un cadeau pour toi.

La mère ouvre des yeux ronds :

— On dit du papier toilette, Malya !

— Mais papa, il dit du papier cul…

L'arrivée au deuxième étage me prive de la fin de leur conversation, elles sortent de l'ascenseur et me laissent avec mes souvenirs.

Charline avait trois ans. Elle venait de border sa poupée, Tina, et de lui chanter une berceuse. Tina s'était assoupie. Charline avait quitté la chambre sur la pointe des pieds, pour ne pas la réveiller, et m'avait rejointe dans le salon, fière d'elle. Elle avait dressé son index devant sa bouche et chuchoté :

— Chut, maman ! Elle dort, la petite pute.

J'avais failli m'étouffer, avant de comprendre qu'elle avait voulu dire « la petite puce ».

J'entends encore sa voix aiguë.

Elle était tellement mignonne.

Je pénètre dans l'appartement, Édouard file à sa gamelle. La solitude m'accueille, comme une vieille amie. Elle m'enlace. Elle m'étreint. Je retire mes chaussures et lève les yeux. Face à moi, la chambre de Thomas s'exhibe nue. Alors, en attendant de ne plus en souffrir, je fais ce que je me retiens de faire depuis son départ : je ferme sa porte.

26

Lili

J'ai fermé la porte de ta chambre. Ton absence y était trop présente. Dix minutes plus tard, elle était de nouveau ouverte. Ta grand-mère m'a expliqué qu'il fallait laisser l'air circuler. Elle a un avis sur tout, tu verras, et il l'emporte toujours sur celui des autres. Je ne reconnais plus notre maison depuis qu'ils s'y sont installés. Elle a réorganisé l'aménagement des tiroirs de la cuisine – pas assez pratique –, déplacé les plantes – pas assez de soleil –, sorti la gamelle de Milou sur la terrasse – pas assez hygiénique –, nettoyé chaque pièce de fond en comble – pas assez propre. Elle m'a narré ses exploits avec fierté, puis elle m'a dévisagée avec insistance en attendant que je la remercie. Ma tête se demandait si ma belle-mère allait aussi m'apprendre à utiliser du papier toilette, mais ma bouche a dit merci.

Je n'y peux rien, j'exècre les conflits. Plus exactement, je déteste faire de la peine, mettre mal à l'aise. Je suis un bon petit soldat, bien droit, prêt à tout pour ne pas briser l'harmonie du rang. Quand on me tend un objet pour que je le tienne, je dis merci. Quand je bouscule une table, je dis pardon. Quand quelqu'un marche face à moi sur le même trottoir, c'est moi qui me décale. Quand une personne raconte une blague à laquelle personne ne rit, je ris. Quand le serveur me demande si son plat immonde m'a plu, je commande du rab. Quand la coiffeuse me fait ressembler à un cocker mouillé, je laisse un pourboire. Quand quelqu'un me coupe la route en voiture, je l'insulte, mais en silence et en souriant. Quand on m'appelle pour me vendre une véranda, je remercie le ciel de ne pas être propriétaire. J'ai conscience que s'affirmer ne veut pas dire blesser, j'y travaille et j'ai bon espoir de réussir un jour à me faire entendre sans culpabiliser. J'étais une enfant au caractère bien trempé et à la répartie cinglante. Et puis, il a fallu se faire petite, ne pas en rajouter. Ne pas faire de vagues, il y en avait assez. Faire plaisir. Provoquer des sourires, pour contrecarrer le chagrin. Lisser mes contours, adoucir mes contrastes. Me dissoudre dans la tranquillité. M'oublier au profit des autres. Ce comportement a peu à peu imprégné mon caractère, jusqu'à devenir une seconde peau. Je ne faisais plus, j'étais.

Je pensais à tout ça tandis que tu dormais contre mon ventre. Ces heures, assise face à la fenêtre, sont propices à la réflexion. Il faut dire que le paysage n'encourage pas l'évasion : toute la journée, j'ai sous les yeux le bâtiment principal du centre hospitalier. Un immense mur blanc parsemé de fenêtres derrière lesquelles des vies sont entre parenthèses. Parfois, pour ajouter au glauque, l'hélicoptère des secours se pose sur le toit dans un bourdonnement qui me file la chair de poule. Alors, il m'arrive de m'envoler mentalement, d'imaginer une autre vue, et celle qui revient le plus souvent me ramène en enfance.

Chaque été, tes grands-parents (mes parents) louaient un appartement au dernier étage d'un vieil immeuble de Biarritz. C'était minuscule, ton oncle Valentin (mon frère) et moi dormions dans le même lit, mon père et ma mère sur le canapé, il fallait une maîtrise en Tetris pour faire entrer toutes nos affaires dans le placard, mais le paysage depuis l'unique fenêtre valait le coup. Elle était en hauteur, je devais me percher dans les bras de ton papy pour y accéder. Je ne parviendrai pas à te décrire ce qu'on voyait, d'abord parce qu'il n'y a pas de mots pour dépeindre la splendeur, mais surtout parce que les souvenirs d'enfance sont toujours un peu plus beaux que la réalité. C'était un tableau à chaque fois différent. Les vagues, la houle, l'écume, les nuages, les couchers de soleil, les goélands, les surfeurs. Ta grand-mère pouvait passer des heures à contempler ce spectacle et, moi, je passais des heures à admirer son sourire. On n'y est jamais retournés après l'été de mes treize ans.

Je suis allée déjeuner dans la salle des familles. Je n'étais pas la seule à avoir eu cette idée. La maman des triplés a répondu à mon salut, celle qui ne quitte jamais le service n'a pas levé la tête de son assiette. J'ai englouti la salade que j'avais préparée à la maison et j'étais en train de me servir un café quand le papa du bébé en incubateur est entré dans la pièce. Il paraissait perdu, comme à chaque fois que je le

117

croise. Il jetait des coups d'œil autour de lui, il ne semblait pas nous avoir vues. La maman des triplés lui a demandé s'il cherchait quelque chose, il s'est laissé tomber sur le canapé. Son menton tremblait, il fournissait visiblement beaucoup d'efforts pour ne pas s'effondrer. Ils n'ont pas suffi. Les larmes ont dégringolé sur ses joues, d'abord en silence, puis de gros sanglots l'ont secoué. La maman des triplés s'est précipitée vers lui. Elle s'est assise à ses côtés et lui a tapoté le dos. L'autre maman s'est levée et, sans un mot, lui a tendu un yaourt. Quand elle m'a lancé son regard noir, j'ai pris conscience que j'observais la scène, figée, telle une tête de cerf empaillée. Alors, je suis allée lui donner mon café.

Cinq minutes plus tard, il nous racontait son histoire. Les phrases se jetaient hors de sa bouche dans le désordre, comme une urgence :

« C'est notre deuxième enfant. Il devait naître dans trois mois, on n'a rien préparé. Il n'a même pas de chambre. Il a failli ne pas s'en sortir. Il a passé cinq jours en réa. Il s'appelle Milo. On aimait bien ce prénom, surtout Alice. J'aurais préféré Sacha... Je n'ai pas osé dire la vérité à ma grande. Elle est chez sa grand-mère. Je lui ai raconté que maman était fatiguée, qu'elle avait besoin de se reposer. J'étais au boulot quand ils m'ont appelé. J'ai roulé comme un fou. Apparemment, Alice était à la boulangerie lorsqu'elle est tombée. Éclampsie. Elle avait la tension haute depuis quelques semaines, mais elle était surveillée. Elle s'inquiétait, elle n'arrêtait pas d'en parler, parfois ça m'agaçait. Si j'avais su. Elle est en

118

réanimation, dans le bâtiment d'en face. Je passe mes matinées avec ma femme, mes après-midi avec mon fils, mes soirées avec ma fille. Cette nuit, elle s'est réveillée. Elle va bien. Elle est vivante. »

Ses sanglots ont repris, entrecoupés de rires nerveux :

« Alice est vivante. Elle va vivre. Je commence juste à réaliser. »

Aucune de nous n'a parlé. La maman des triplés a continué de lui tapoter le dos, la maman au regard noir lui a fait signe de manger le yaourt et je lui ai servi un autre café.

Thomas

16 h 49

Coucou mon chéri
c'est maman virgule j'espère
que tout va bien pour toi
point d'exclamation as-tu
réussi à avoir un rendez-
vous chez le dentiste point
d'interrogation bises point
maman comment ça s'arrête
je sais pas où appuyer stop
merde ça marche pas c'est
vraiment mal foutu ce truc
ah ça doit être là je

17 h 00

Mam, laisse tomber la dictée
des messages, sinon je me
fais arracher toutes mes dents.

17 h 05

Commence par celles
de devant ça t'ira bien
point d'exclamation
point d'exclamation point
d'exclamation bises point
maman

27

Élise

Nous ne sommes plus que quatre à la journée de formation. La femme qui voulait choisir les bébés à câliner n'est plus là. Restent une étudiante, une dame âgée et le grand chauve. Je ne pensais pas le revoir. Lors de la première réunion, sa question avait semblé agacer Hélène, et la réponse n'avait pas eu l'air de le satisfaire.

Hélène est accompagnée d'une bénévole et d'un psychologue, que nous rencontrerons individuellement.

J'ai hésité à venir. Je ne suis pas sûre de savoir m'y prendre, d'être assez patiente, assez solide, je ne suis pas sûre d'en avoir envie. J'ai peur que cela ne ravive de vieilles blessures. Je n'ai jamais câliné d'autres bébés que les miens. Ils me manquent terriblement. Je trimballe ma nostalgie comme un caillou dans ma chaussure, j'avance de guingois, le moindre trou dans la chaussée peut me faire chanceler. J'ai besoin de davantage d'éléments pour me décider. La formation va me les fournir.

Être câlineur ne comporte pas que des avantages, explique Hélène. L'association ne peut prendre le risque de recruter des bénévoles qui abandonneront en cours de route. Nous devons être conscients du temps et de l'investissement que cela nous demandera. C'est un réel engagement. Mais le plus éprouvant, ce sont les cas auxquels nous allons être confrontés.

— Derrière les portes des services de néonatalogie se cache une réalité que la plupart des gens préfèrent ignorer. On peut mourir à tout âge, même quand on n'a pas encore vécu.

Le silence tombe sur la pièce. J'ai envie de m'enfuir, j'ai envie de ne pas être venue. La bénévole présente intervient :

— Je m'appelle Céline, je suis câlineuse depuis sept ans. Hélène a raison de vous préparer au pire, moi, j'aimerais vous parler du meilleur. Quand j'ai commencé, je voulais aider, même si je n'étais pas certaine d'avoir le courage nécessaire. Je m'attendais à un univers sinistre, empli de tristesse et de peur, et je ne vais pas vous le cacher, il y en a. Mais pas uniquement. Il y a des rires, de l'espoir, de la douceur, de la joie, de la solidarité. Chaque mercredi matin, j'ai hâte d'aller retrouver les bébés dont je m'occupe, mais aussi les équipes médicales, les autres bénévoles, les parents. C'est un microcosme empli de personnes bienveillantes, et ça fait du bien. Mais ce qui m'épanouit le plus, c'est ce que j'apporte aux enfants. Je ne saurais l'expliquer, je le ressens profondément, à chaque fois que j'ai un nouveau-né contre moi. On ne peut pas tous les sauver, et c'est dévastateur quand une petite vie s'arrête, mais il y a tous les autres. Ceux qui s'en sortent. Ceux dont on a des nouvelles, plusieurs années après. On les apaise. On les aide. C'est rare, de se sentir aussi utile.

Hélène reprend la parole. Je n'écoute plus vraiment. Quelques bribes me parviennent, les protocoles d'hygiène, les certificats à fournir, pourtant plus rien ne me déstabilisera. Le témoignage de Céline a étouffé tous mes doutes.

28

Lili

Je n'aime pas trop la psychologue. Chaque matin, quand elle passe me voir, je me promets de ne pas m'épancher. Mes fêlures, mes angoisses, mes ombres, je préfère les garder pour moi. Je peux les maîtriser, les plier en quatre, les ranger dans un coin, sous une pile de mouchoirs. Parfois, même, j'arrive à les oublier. Les évoquer, c'est les rendre réelles.

Elle ne m'oblige pas à parler. Elle est d'une délicatesse extrême, elle me laisse la main. C'est pire. Son sourire est le plus efficace des pieds-de-biche. Sa douceur est un bélier. Chaque fois, je lui ouvre en grand la porte de mon esprit, les fenêtres, et je l'invite à visiter toutes les pièces en lui servant à boire. C'est un peu la belle-mère de mon cerveau.

Ce matin, j'étais en train de tirer mon lait quand elle est entrée dans ton box.

Je m'installe toujours dos à la porte vitrée, pour me protéger des regards, derniers soubresauts d'une pudeur portée disparue depuis le début de la grossesse. Pendant l'accouchement, ils étaient si nombreux à scruter mon intimité que, au bout d'un moment, ma gêne a plié bagage. J'avais le sentiment d'être à une journée portes ouvertes, et c'était moi le monument.

— Je vous dérange ? elle a demandé, perspicace.

— Pas du tout, j'ai répondu, hypocrite.

Elle s'est installée face à moi et a voulu savoir comment j'allais, depuis mon retour à la maison. Comme d'habitude, j'ai assuré poliment que tout allait bien. Elle a souri :

— Ce n'est pas une question rhétorique. La réponse m'intéresse vraiment. Vos angoisses sont-elles toujours présentes ?

— Un peu moins depuis que le pédiatre m'a dit qu'elle allait s'en sortir.

— Pourtant, vous n'avez pas l'air totalement rassurée.

J'ai secoué la tête.

— Vous ne croyez pas les médecins ?

— Je sais qu'ils peuvent se tromper, j'ai soufflé.

— Vous l'avez expérimenté ?

— Je n'ai pas envie d'en parler.

Instinctivement, j'ai prononcé la dernière phrase avec agressivité. Certains sujets me font l'effet d'une effraction, mon corps entier les rejette violemment.

— Très bien, elle a déclaré de sa voix douce. Y a-t-il quelque chose qui pourrait apaiser vos inquiétudes ?

J'ai réfléchi quelques secondes, une seule solution m'est apparue :

— Il faudrait que je puisse aller jeter un œil dans l'avenir.

— Vous savez que c'est impossible.

— C'est faux. Je dois juste trouver une DeLorean.

Elle m'a observée sans un mot, aucune expression ne transparaissait sur son visage, je me suis sentie obligée de rire à ma blague, pour lui signifier que c'en était une. Il n'y a rien de plus gênant que rire à ses propres tentatives d'humour. Elle a haussé les épaules :

— Il faudra demander à Doc d'y installer un tire-lait.

Cette fois, je me suis esclaffée de bon cœur. Elle a enchaîné :

— Dites-moi, dans le pire des cas, que pourrait-il se passer ? Que redoutez-vous tant ?

Mentalement, je l'ai interrogée sur le nombre d'années d'études nécessaires pour être apte à poser des questions aussi stupides. Oralement, j'ai avoué que, le pire, ce serait que tu meures.

— Que se passerait-il si cela arrivait ?

— Je mourrais aussi.

— Bien sûr que non.

— Bien sûr que si.

Elle a laissé flotter le silence, puis elle a enfoncé la lame plus loin :

— Vous avez déjà survécu à une terrible épreuve, n'est-ce pas ?

— Je vous ai dit que je ne voulais pas en parler.

— Essayez d'imaginer. Comment pensez-vous réagir si vous perdez votre fille ?

La seule chose que j'avais envie d'imaginer, c'était le moment où, par inadvertance, mon poing allait rencontrer son nez. Je refusais les autres projections. Je chassais les images d'une vie sans toi. C'était insupportable. J'ai vécu vingt-sept ans avant toi et, en dix jours, tu es devenue essentielle. Mon cœur cogne plus fort, mes poumons se sont déployés, c'est comme si, jusque-là, tout mon être t'attendait pour sortir de l'hibernation. J'ai vécu vingt-sept ans sans savoir que tu me manquais.

Quand elle a compris que je ne répondrais pas, Eva a repris la parole :

— Vous savez, je rencontre beaucoup de personnes désœuvrées. Dans ce service, rares sont celles qui ne le sont pas. Ignorer si son enfant va vivre, et être totalement impuissant, figure parmi les plus grandes tortures. La plupart tiennent le même discours que vous : « Si mon bébé meurt, je ne m'en remettrai pas. » Malheureusement, cela arrive parfois. Il y a deux choses que je peux vous affirmer. La première, c'est que, tant que vous n'avez pas vécu une situation, vous ne pouvez pas savoir comment vous y réagirez. La projection est un fantasme, pas un prolongement de la réalité. Souvent, même, on observe que les plus pessimistes sont ceux les plus prompts à se relever. C'est un phénomène connu, de même que les hypocondriaques, qui craignent toute leur vie de développer une maladie et de ne pas pouvoir y faire face, sont généralement ceux qui acceptent le mieux l'annonce d'une pathologie. La seconde chose, c'est qu'on peut se réparer de tout. Toutes les pièces ne seront pas forcément à la bonne place, certaines seront manquantes, mais on se reconstruit. Cela demande du temps, c'est un petit pas en avant pour trois grands sauts en arrière, mais l'humain est ainsi fait. C'est aussi tragique que sublime. J'ai suivi de nombreux parents endeuillés, persuadés de ne jamais plus sourire. Jusqu'à ce qu'ils sourient à nouveau. Cela s'appelle la résilience.

Ta machine a sonné, interrompant son discours. Ce n'était pas la première fois que ton rythme cardiaque ralentissait pendant ton sommeil, on m'avait rassurée, si on branchait tous les nouveau-nés, tous auraient des anomalies. Ça n'a pas duré, le temps que Florence arrive, tes battements étaient redevenus normaux, et les miens avec. La psychologue s'est levée et a entrepris de s'éclipser. J'ai noté ton nom sur le flacon que je venais de remplir de lait.

Avant de quitter ton box, elle a ajouté :

— Au fait, je ne sais pas si quelqu'un vous a prévenue, mais une socio-esthéticienne vient une fois par semaine. Elle sera là cet après-midi, si vous voulez prendre rendez-vous.

— Une socio-esthéticienne ?

— Oui, c'est une esthéticienne formée pour prodiguer des soins aux personnes hospitalisées, malades ou accompagnantes. Ici, elle propose des soins corporels aux parents, pour les aider à évacuer les tensions. C'est très bénéfique, je vous le recommande.

J'ai hoché la tête poliment, tout en rangeant l'information dans ma corbeille mentale. Je suis tellement vulnérable que même l'eau de la douche m'agresse. Personne ne posera les mains sur moi, à moins qu'on ne me fasse une anesthésie générale.

Thomas

9 h 02

Bonjour mon chéri,
c'est maman. J'ai un message
de la part d'Édouard, tu lui
manques. Bises. Maman

10 h 44

Salut Mam ! Réponds-lui
« ouaf ouaf », il comprendra.

10 h 50

Il t'en veut beaucoup. Bises.
Maman

29

Élise

Je viens seulement de retrouver l'usage de mon corps que, déjà, la torture recommence. Mariam est en grande forme. Je peine à suivre la chorégraphie, je fais l'impasse sur quelques pas, chacune de mes jambes semble vouloir vivre sa vie de son côté, mais je m'accroche. La musique est entraînante, et Nora ne cesse de m'encourager.

— Allez Élise, youhou ! Tu déchires ! Super !! T'es la meilleure !

Elle n'est pas loin d'être vexante.

À la pause, alors que je vide ma gourde, Mariam me félicite d'être venue une nouvelle fois.

— J'avoue que je ne pensais pas te revoir !

— J'avoue que moi non plus.

— Qu'est-ce qui t'a décidée ?

— Mes menaces, s'esclaffe Nora.

Il est vrai que ma collègue ne m'a pas laissé le choix. Si je n'avais pas été volontaire, je présume qu'elle m'aurait amenée sur son dos. Mais ce n'est pas l'unique raison. Hier soir, au téléphone, Charline s'est plainte de son travail. Elle s'y ennuie, y tourne en rond. Je lui ai conseillé d'en chercher un autre. J'ai toujours poussé mes enfants à ne pas se complaire dans une situation qui ne leur convenait pas. Il était temps que je m'applique mes propres conseils.

La fin du cours me semble durer des heures. Lorsque Mariam éteint la musique, je ne respire plus, je parle couramment le lion de mer.

Je suis la dernière à quitter le vestiaire. Mariam ferme la porte du studio, et nous cheminons ensemble vers le parking, en échangeant des banalités. Je n'ai qu'une hâte : rentrer chez moi, prendre une douche fraîche, grignoter et me glisser dans mon lit avec ma lecture du moment. Mais le sort a d'autres projets pour moi. La voiture de Mariam ne démarre pas.

Elle ouvre le capot, inspecte le moteur, puis hurle de rire :

— Je sais pas pourquoi je regarde, je n'y connais rien !

— Moi non plus, je ne vais pas pouvoir t'aider.

— Aucun problème, répond-elle en claquant sa portière. Je vais rentrer en tram et je m'occuperai de ça demain.

— Tu veux que je te ramène ?

Elle refuse. Elle habite loin, à l'autre bout de Bordeaux. Près d'une demi-heure de route, sans compter le retour. J'insiste :

— Grimpe ! Personne ne m'attend, j'ai le temps.

Ce n'est pas tout à fait vrai. Édouard aura certainement attaqué le mur pour se venger, et j'avais d'autres plans, mais abandonner une personne en panne alors que la nuit va tomber, ce n'est pas exactement le meilleur moyen de devenir plus sociable.

— Tu vis seule ? me questionne-t-elle sans préambule, à peine assise sur le siège passager.

Je hoche la tête.

— Pas d'enfant ?

— Si, deux grands. Le dernier vient d'emménager à Paris. Et toi ?

Elle lève les mains :

— Dieu m'en garde ! Je ne saurais pas quoi en faire.

Je ris. Elle m'imite, puis s'exclame :

— J'aime ta réaction ! D'habitude, les gens sont désolés pour moi, ils tiennent à savoir pourquoi, si je suis stérile, homosexuelle ou dépressive. Quand je leur explique que c'est juste un choix, que je n'ai jamais voulu d'enfant, ils me prennent pour une folle. Ma propre mère a coupé les ponts quand elle a compris que je ne changerais pas d'avis. Elle me reprochait d'être égoïste, de ne pas vouloir lui donner de petits-enfants.

Elle se perd quelques instants dans ses pensées, puis reprend :

— Je sais que j'ai fait le bon choix. Pas une fois je ne l'ai regretté.

Je ne réponds pas. Je l'admire en silence. Le ciel s'est voilé de rouge, le soleil fait son lit. J'ose poser une question à Mariam :

— Tu ne te sens jamais seule ?

La réponse jaillit :

— Si, et j'adore ça ! Je décide pour moi, je fais ce qui me plaît. Je choisis mes activités, mes destinations, mes programmes, mes menus, mon rythme. J'ai grandi au milieu de huit frères et sœurs, puis j'ai été mariée pendant quinze ans. Je me sentais entravée. Aujourd'hui, je suis la personne la plus importante pour moi. Ça ne m'empêche pas d'aimer passer du temps avec mes amis et ma famille, mais ce n'est pas un besoin. C'est une envie. Ça fait toute la différence.

Elle tourne la tête et me dévisage plusieurs secondes.

— Ça viendra, finit-elle par affirmer. Un jour, tu n'attendras plus des autres qu'ils te rendent heureuse. Tu te feras ce cadeau toute seule.

30

Lili

Ça ne s'arrange pas, niveau larmes. Je passe plus de temps à pleurer qu'à dormir. Je pleure quand je suis heureuse, quand je suis triste, quand j'ai peur, faim, chaud, mal, quand je vois un oiseau, quand on me fait un sourire, à chaque fois que je te contemple. Après la femme à barbe, la femme citerne. Pour éteindre un incendie, il suffit de me jeter dedans.

Ce matin, entre ta toilette et le long moment suspendu où tu as agrippé ton regard au mien, j'ai bien hydraté mes joues. Le summum a été atteint quand j'ai réessayé, avec l'aide d'Estelle, de te donner le sein. On a utilisé un DAL, une petite sonde qui déverse du lait dans ta bouche pendant que tu tètes, tu t'es accrochée quelques secondes avant de te mettre à hurler. Ce n'est pas facile pour toi, même si tu progresses un peu chaque jour. Il faut que tu parviennes à coordonner la succion, la déglutition et la respiration. On n'insiste jamais longtemps, on ne doit pas te fatiguer.

— Il lui faut encore un peu de temps, a jugé Estelle.

On t'a donné un peu de lait à la cuillère, pour que tu n'en perdes jamais le goût, puis elle a injecté le reste dans la sonde.

On y arrivera un jour, mon amour. Prends le temps qu'il te faut.

Quand tu t'es rendormie, j'ai rejoint la salle des familles pour prendre mon repas – et un bol d'air. Il y avait un couple que je n'avais jamais vu, accompagné d'une petite fille, la maman des triplés et la maman au regard noir, toutes deux assises à la même table. J'allais attraper ma salade dans le frigo lorsque la maman des triplés m'a tendu une assiette en souriant :

— C'est du couscous, j'en ai fait beaucoup trop. Vous en voulez ?

Je te le donne en mille : je me suis mise à pleurer.

— Pardon, je ne sais pas ce que j'ai, c'est ridicule.

Elle a tiré la chaise à côté d'elle et m'a fait signe de m'asseoir :

— Bienvenue dans le monde fabuleux du baby blues !

— Vous aussi ?

— Oh oui ! J'ai chialé devant une pub pour de l'adoucissant.

— Ah oui, quand même ! Cela dit, hier soir, j'étais émue en jetant le tube de dentifrice vide. Je l'ai remercié pour ses loyaux services.

Elle a gloussé et a désigné le pansement sur sa main :

— Je me suis coupée en essayant de récupérer un pois chiche au fond de la boîte. Je ne voulais pas le laisser seul.

La maman que je n'avais jamais vue a entendu notre conversation. Elle s'est approchée de nous et est entrée dans le jeu :

— J'ai demandé pardon à mon yaourt avant de le manger.

Je me suis esclaffée, la maman des triplés en avait les larmes qui coulaient. À tour de rôle, on a énuméré les moments gênants induits par les hormones.

— J'ai pleuré quand la boulangère m'a annoncé que les chouquettes étaient en promo.

— J'ai fait la danse de la joie pour son premier caca.

— J'ai pensé que la vie ne valait pas la peine d'être vécue parce qu'il n'y avait plus d'eau chaude.

— J'ai jeté la balance à la poubelle quand elle a affiché mon poids.

— J'ai sérieusement songé à divorcer parce que mon mari avait sept minutes de retard.

— Quand la dame de l'accueil m'a mal parlé, je me suis demandé où je pourrais cacher son corps.

— J'ai pleuré quand ma mère m'a apporté des culottes propres.

— J'ai ri quand je me suis vue pleurer dans le miroir.

J'étais tellement hilare que j'en avais mal au ventre. La maman au regard noir nous observait, impassible.

— Et toi, tu connais le baby blues ? lui a demandé la maman des triplés en s'essuyant les yeux.

Mon euphorie s'est envolée comme un ballon de baudruche. Jamais je n'aurais osé lui poser une question aussi indiscrète, j'aurais eu bien trop peur qu'elle ne me réponde avec la langue des signes dans ma gueule.

Elle a baissé la tête et fermé les yeux. Elle semblait réfléchir, peut-être à la manière de toutes nous assommer en un seul coup. J'ai avalé ma dernière cuillerée de couscous, puis entrepris de déguerpir. Je préfère être vivante que courageuse. J'étais en train de me lever quand elle s'est animée. Elle nous a regardées à tour de rôle, puis, pour la première fois depuis mon arrivée, elle a consenti à nous faire entendre sa voix :

— J'ai demandé si je pouvais garder les agrafes de la césarienne.

31

Élise

Édouard ne sait plus quoi imaginer pour me gâcher l'existence. Hier soir, en sortant de la douche, j'ai failli passer de vie à trépas. Je n'y tenais pas particulièrement, d'autant que ma dernière vision aurait été son air innocent. Il y avait du rouge partout. Sur le mur, le tapis, ses babines. Mon cerveau n'a pas pris le temps d'analyser la texture, il en a déduit que c'était du sang. Mon corps n'a pas apprécié l'information. Mes jambes sont devenues molles et mon cœur a voulu s'enfuir. Il m'a fallu plusieurs secondes pour comprendre qu'il s'agissait de mon rouge à lèvres, que monsieur avait vraisemblablement trouvé à son goût.

J'ai passé près d'une heure à nettoyer et, patiemment, j'ai expliqué à Édouard que non, pas bien, pas contente, le maquillage c'est pour les humains. Pendant tout le sermon, il a fixé le mur, oreilles aplaties.

J'ai cru qu'il avait compris. Ce matin, les yeux encore lourds de sommeil, je ne trouve pas mon nouveau gilet gris. Je l'ai acheté récemment, lavé, repassé, et préparé sur la commode, avec le reste de ma tenue du jour. Jamais porté encore. Je cherche dans la salle de bains, dans le placard, sur le buffet de l'entrée, dans le salon, il n'est nulle part. L'heure tourne, je dois me hâter. Je vérifie dans le frigo, l'autre jour j'y ai rangé mes lunettes. Il n'y est pas. Dans le congélateur non plus. Je n'ai plus de temps à perdre, tant pis, je saisis mon pull noir dans la penderie et l'enfile.

Édouard dort encore. Je le réveille, il faut partir. Il s'étire longuement, bâille, s'étire de nouveau, faudrait pas se froisser le coussinet. Il finit par quitter sa panière, sans se presser, traînant derrière lui, accroché à sa patte, mon gilet informe et tapissé de poils.

Sur le trajet, j'appelle Thomas. Je tombe sur le répondeur, il doit dormir. Je laisse un message :

— Bonjour mon chéri, c'est maman. Il faut qu'on parle d'Édouard. Ce n'est plus possible, on doit trouver une solution. Rappelle-moi dès que tu peux. Bises.

Il me rappelle en fin de matinée. Tous mes collègues sont à leur poste, je m'isole dans la réserve.

— Salut Mam ! Qu'est-ce qu'il a encore fait ?

Je lui raconte. Il rit.

— J'adore ce chien ! fanfaronne-t-il.

— Alors il faut que tu le prennes avec toi, Thomas. Je suis obligée de l'emmener au bureau, ça ne peut plus durer.

— C'est impossible, Mam. Je suis jamais à l'appart, et c'est trop petit. Quand j'aurai fini mes études, on…

— Il a dix ans, Thomas. Tu sais très bien qu'il ne sera plus là.

Je regrette aussitôt mes paroles. Mon fils adore son chien, je n'en ai aucun doute. Quand il m'a annoncé son départ à Paris, il s'est effondré. Même si j'étais aussi émue que lui, je l'ai réconforté : on se verrait dès que possible, on s'appellerait tous les jours, je n'aurais pas le temps de lui manquer. Il a planté ses yeux étonnés dans les miens et a précisé qu'il n'en doutait pas, mais que, sans Édouard, la vie ne serait pas la même.

— Il te gêne tant que ça ? s'enquiert-il, le ton las.

— S'il arrêtait de faire des bêtises, je pourrais envisager de le garder, mais là…

Il reste silencieux, semble réfléchir, puis, la voix éteinte, finit par lâcher :

— OK, je vais essayer de lui trouver une bonne famille.

La conversation ne s'éternise pas. Je demeure plusieurs minutes dans la réserve, à fixer mon téléphone. En fond d'écran, Charline et Thomas, encore adolescents, se font un câlin dans la cuisine. Derrière eux, dans sa panière, Édouard a l'air de sourire.

Je regagne mon bureau, une boule douloureuse dans la gorge. Édouard fait partie de notre vie depuis six ans. Il est présent dans la plupart de nos souvenirs, les enfants sont attachés à lui, et je dois avouer que je m'y suis également habituée. Mais il n'est plus heureux. Je suis obligée de l'emmener partout, sous peine de m'attirer les foudres des voisins, je récolte de plus en plus de réflexions de madame Madinier, et je m'attends au pire à chaque fois que je sors de ma chambre. Thomas a certainement raison. Édouard sera plus épanoui dans un autre foyer.

32

Lili

Tu n'as plus besoin d'oxygène.

Quand Florence me l'a appris, à mon arrivée, je te laisse deviner comment j'ai réagi. Foutues hormones.

Tu es une championne, mon amour.

J'ai immédiatement appelé ton papa. Il a raccroché sans un mot. Vingt minutes plus tard, il était là.

Il n'a jamais douté. Contrairement à moi, il a toujours su que tu t'en sortirais. Le lendemain de ton arrivée, il est allé à la mairie de Bordeaux pour déclarer ta naissance. L'officier d'état civil lui a demandé si tu avais un deuxième prénom. On n'en avait pas prévu, pourtant, comme un présage, il a répondu « Victoire ».

Pour quitter le bureau, il a prétexté une urgence.

— Je n'ai pas tout à fait menti, j'avais un besoin urgent de féliciter ma fille.

J'ai souri en l'imaginant braver sa cheffe pour voler vers toi. Je la connais bien, c'est la mienne aussi. Ton papa et moi travaillons ensemble depuis plus de trois ans. On partage un bureau avec deux autres personnes, au service administratif d'une agence de voyages. J'étais en poste depuis quelques mois quand il est arrivé. Il m'a rapidement exaspérée. Il était sûr de lui, se permettait de me faire des remarques sur mon supposé manque d'organisation, il arborait souvent un petit sourire satisfait que j'avais très envie de priver d'une ou deux dents. Mais ce qui m'irritait au plus haut point, c'était sa manie de siffler. Il sifflait tout le temps, tous les airs, du classique, du rock, du rap. Ce n'était pas un humain, c'était un rossignol.

C'est à la soirée de Noël que je l'ai découvert sous un autre jour. J'étais épuisée, je dormais peu, ton grand-père était malade et l'inquiétude me grignotait. Après deux verres, j'étais ivre. Je me souviens vaguement d'un magicien, qui subjuguait les enfants du personnel avec un tour de cartes, et tout a vacillé. Je me suis entravée dans le vide et j'ai embrassé le carrelage. Je suis tombée raide, sans un son, sans même chercher à me rattraper. Un domino. Personne n'a rien remarqué, hormis le père Noël, qui s'est précipité vers moi et m'a portée pour m'épargner les remontrances de la cheffe. Sous la barbe, j'ai reconnu ton papa.

Il m'a tenu compagnie toute la soirée. Il était sûr de lui, railleur, prétentieux, mais aussi attentionné, prévenant, drôle, et, chose rare, il écoutait *vraiment*. Six mois plus tard, armée d'une cargaison de boules Quies, j'emménageais avec le rossignol.

Florence est venue aider ton papa à t'installer contre lui. Visuellement, rien n'a changé. Tu portes toujours le drôle de bonnet et le masque, une ventilation par pression expiratoire est encore nécessaire pour que tes voies aériennes fonctionnent correctement. La sonde gastrique passe par ton nez. Des électrodes sont positionnées sur ton torse. Un capteur sur ton pied mesure tes signes vitaux. Pourtant, tout est différent. Tu n'as plus besoin d'apport en oxygène. Tu respires presque seule. C'est un jour important.

Florence a soupiré, les fils s'étaient emmêlés. C'était la première fois que je la voyais perdre patience. Je lui ai demandé si tout allait bien, les larmes ont envahi ses yeux.

— C'est rien, je suis un peu fatiguée, elle a murmuré en manipulant les tuyaux.

Ce matin, au bout du service, un nouveau-né l'était resté à tout jamais. Les sanglots des parents avaient fait frissonner le couloir. Je me suis souvent demandé comment le personnel soignant pouvait résister à ces drames. La réponse était dans le regard de Florence.

— Ça va aller, elle a soufflé quand j'ai pressé son bras doucement.

— Vous faites un métier formidable.

Elle a haussé les épaules :

— On fait juste notre travail. Certains jours sont plus difficiles que d'autres. On ne s'y fait jamais.

J'ai eu le temps d'observer les membres du service, depuis mon arrivée. Elles courent d'un box à l'autre, ne s'asseyent jamais. Souvent, elles restent bien après le changement d'équipe. Elles ne comptent pas leurs heures. Elles traitent les bébés comme si c'étaient les leurs. Elles traitent les parents comme si c'étaient les leurs. Elles sont d'une patience sans limite, en faut-il pour résister à toutes les questions que je leur pose. Elles ont toujours le sourire, une parole amicale, un geste prévenant. Elles ne relâchent jamais leur attention, les yeux sur les écrans de contrôle, les oreilles en alerte, prêtes à intervenir à tout moment. Elles accueillent nos émotions avec empathie. La semaine dernière, je me suis effondrée face à Estelle. J'ai tout déversé à ses pieds : ma peur, mon chagrin, mon passé. Elle a tout recueilli, patiemment, jusqu'au bout. Quand elle a quitté la chambre, je l'ai vue s'essuyer les yeux. Ce sont des magiciennes. Elles font entrer la lumière dans la pénombre.

Florence a réussi à démêler les fils. Elle t'a installée contre le torse de ton papa.

— Je suis désolée, elle a dit. Je n'aurais pas dû craquer devant vous.

J'ai levé un sourcil :

— J'espère bien que vous êtes désolée, ça ne se fait pas de se laisser aller en public. Est-ce que je le fais, moi ?

— Ça faisait longtemps que je n'avais pas vu de larmes, a renchéri ton père.

Elle a ri. Elle s'apprêtait à quitter ton box, je l'ai retenue :

— Florence, vous ne faites pas « juste votre travail ». Vous vous penchez sur le berceau de nos bébés pour leur offrir le plus beau des cadeaux : une chance de vivre. Vous n'êtes pas seulement des employées. Vous êtes des bonnes fées.

Elle m'a remerciée, puis elle est sortie. Mon regard s'est posé sur vous, ton père et toi, l'un contre l'autre, torse contre torse, et, pour changer, j'ai pleuré.

Charline

13 h 44

Bonjour ma chérie,
c'est maman. Passe une bonne
journée ! Maman.

14 h 12

Bonjour maman, bonne
journée à toi aussi !
(tu sais que tu n'as pas
besoin de préciser que
c'est toi, ton nom s'affiche
sur l'écran)

14 h 16

Merci chérie, on s'appelle
vite ! Bises.

14 h 17

Maman.

33

Élise

La puéricultrice qui nous accueille en néonatalogie s'appelle Florence. Hélène fait les présentations. Nous sommes trois aspirants bénévoles, l'étudiante, le grand chauve et moi. La dame retraitée a craint de ne pas être assez forte.

Florence et Hélène nous font visiter le service. Le vestiaire, la réserve, le lactarium, les bureaux, la salle des familles. Elles insistent sur l'importance de se désinfecter les mains à chaque fois que nous arrivons ou que nous touchons quelque chose. En cas de maladie contagieuse, nous devons nous abstenir de venir.

L'aile est composée de trois zones : la rose, la bleue, la verte. Chacune comporte un îlot central encerclé d'un comptoir, accessible uniquement aux membres du personnel. De là, ils ont vue sur tous les box de la zone et ont accès au matériel, aux écrans de contrôle de chaque patient, aux dossiers.

— Vous pouvez constater que les parois des box sont transparentes, explique Florence. Nous voyons tout ce qui s'y passe en permanence.

— C'est mal foutu, commente le grand chauve.

— Pardon ? s'étonne Hélène.

Il se déplace à l'arrière du comptoir :

— Regardez, d'ici je ne peux pas apercevoir le premier box. Il serait plus judicieux d'installer des caméras.

Hélène lève les yeux au ciel :

— Merci pour cette analyse, cher Jean-Louis, nous la transmettrons aux personnes compétentes. Si nous avons besoin d'une autre expertise, nous vous ferons signe.

— Vous êtes sarcastique, lâche-t-il.

— Vous êtes perspicace, réplique-t-elle.

La visite reprend, puis, chacun à notre tour, nous sommes invités à pénétrer dans un box.

Je suis la troisième. Florence m'accompagne.

C'est un garçon, il s'appelle Eliott.

Il est relié à plusieurs machines. Florence m'en explique rapidement le fonctionnement, me montre la sonnette, qui permet d'alerter le personnel en cas d'urgence.

Je ne parviens pas à détacher mes yeux de ce petit être, dont la poitrine se gonfle et se dégonfle comme un ballon de baudruche. Dans sa minuscule main, il tient une pieuvre en coton.

— Tous nos bébés en ont une, m'informe Florence. On la leur donne dès leur arrivée. Elles sont crochetées par des bénévoles, selon un cahier des charges très strict. Les tentacules entortillés leur rappellent le cordon ombilical, ils s'y accrochent, plutôt qu'aux tuyaux.

150

Elle m'invite à m'asseoir. Le nouveau-né geint quand elle le soulève délicatement.

— Tout va bien, Eliott, lui chuchote-t-elle. Je te présente Élise, elle va prendre soin de toi.

Son corps chaud rencontre le mien. Il se rendort aussitôt. Sa tête repose contre ma poitrine. Ses jambes sont recroquevillées sur mon bras.

— Il faut que vous soyez bien installée, murmure Florence. Vous êtes amenée à rester plusieurs heures dans la même position. Comment vous sentez-vous ?

Je hoche la tête. Les mots ne sortent pas. Ils se percutent dans mon esprit, mais renoncent, conscients de ne pas être assez puissants pour décrire les émotions qui m'étreignent. J'ai envie de pleurer et de rire à la fois. Florence me repose la question.

— Comment vous sentez-vous ?

Je regarde le minuscule visage d'Eliott, à quelques centimètres du mien, et je souffle :

— Je me sens à ma place.

34

Lili

Il te fallait de nouveaux vêtements. Tu commences à être à l'étroit dans tes bodys. Tu as grandi et pris du poids, c'est bon signe. Hier soir, pendant le dîner, j'ai annoncé à ton papa mon intention de m'arrêter à la boutique de puériculture avant de te rejoindre. Ce matin, ta mamie a enfilé son manteau alors que j'ouvrais la porte.

— Vous sortez ? j'ai demandé.

— Je viens avec toi.

J'ai protesté, je n'en avais que pour quelques minutes, et ensuite je filais à la maternité sans revenir à la maison, mais tu commences à connaître son niveau d'entêtement. Ils ont utilisé la tête de ta grand-mère pour détruire le mur de Berlin.

Tes grands-parents sont toujours chez nous. J'adorerais avoir des moments de tranquillité, ne pas être obligée de faire la conversation, ne pas me sentir comme une étrangère dans ma propre maison, ne pas attendre pour prendre ma douche parce que ton grand-père barbote dans son bain, mais j'ai cessé de lutter, ce serait peine perdue. La plupart du temps, je suis avec toi, je ne rentre que pour manger et dormir. Ce n'est pas si terrible.

À peine étions-nous installées dans la voiture que j'ai compris : si elle avait souhaité m'accompagner, c'était moins pour t'acheter des vêtements que pour discuter.

— Je voudrais te parler de quelque chose.

J'ai fixé la route et serré le volant plus fort en attendant la suite. Je redoutais le pire. J'étais prête à sauter en marche.

Elle a poursuivi :

— Je tiens à te remercier de nous accueillir chez vous. C'est important, pour nous, d'être aux côtés de notre fils dans cette période difficile. Maintenant que tu es maman, tu sais ce que c'est. Il sera toujours notre bébé. J'ai l'impression qu'il est né hier, ça passe tellement vite… Bref, je voulais juste te dire que j'ai conscience que ce n'est pas évident pour toi, d'avoir tes beaux-parents sous ton toit. J'espère qu'on arrive à vous soulager un minimum, on fait notre possible. Je ne sais pas si tu as vu, mais j'ai réorganisé tous les tiroirs de la chambre de la petite. Il vaut mieux classer par couleur, on s'y retrouve plus facilement. Tu peux me demander, si tu as besoin de conseils. Tu es comme notre fille. On est là pour toi aussi.

J'ai baissé le son de la radio et je l'ai remerciée. Je culpabilisais un peu. J'ai été dure avec eux. Ton papa a raison, ses parents veulent juste nous aider. Je dois faire des efforts pour ne plus me sentir agressée par leur présence. Après tout, ils n'y sont pour rien si

154

je ne suis pas habituée. Ils peuvent être maladroits, certes, mais leurs intentions sont louables. Quelle belle-mère serai-je, quand tu seras grande ? Il n'est pas exclu que je classe par couleur les yeux de ceux qui te feront du mal.

Cette pensée m'a saisie. C'était la première fois que je m'autorisais à imaginer ton avenir.

Le magasin venait d'ouvrir. La vendeuse m'a souri, elle m'a vue souvent pendant que je t'attendais. C'est ici qu'on a trouvé les meubles de ta chambre et la plupart de tes vêtements, taille un mois comme tout le monde nous l'avait conseillé. Le lendemain de ta naissance, ton papa est allé acheter des bodys taille prématuré. On aurait dit des habits de poupée.

— Félicitations ! elle m'a lancé depuis la caisse.

Je l'ai remerciée, puis je me suis dirigée vers le rayon en espérant qu'elle ne poserait pas de question sensible, je n'aurais su comment répondre, dire la vérité et plomber l'ambiance ou mentir et avoir l'impression de te trahir.

Elle n'a rien demandé.

Je t'ai pris des bodys, des pyjamas et une couverture légère. Au bout du rayon, j'ai remarqué une combinaison bleu foncé avec des étoiles blanches, elle était magnifique, je ne voyais qu'elle. Malheureusement, il n'y avait pas ta taille. Uniquement du six mois. Devine ce que j'ai fait. Je l'ai achetée. Pour plus tard.

35

Élise

Dans cinq jours, j'aurai cinquante ans. Les enfants ont affirmé qu'ils ne pourraient venir les fêter avec moi, mais je ne suis pas dupe. Charline a fait une gaffe lors de notre dernière conversation téléphonique. Une surprise se trame. Je ferai semblant d'être étonnée.

Je me réjouissais à l'idée de les avoir tous les deux à la maison, jusqu'à ce que je me rappelle que la chambre de Thomas ne comportait plus de lit. Il n'avait nulle part où dormir.

Alors, j'ai rouvert sa porte. J'y ai installé une banquette convertible, que le livreur n'a pas voulu monter au quatrième étage. Monsieur Lapin est passé à côté de moi tandis que je tentais péniblement de déplacer le meuble. Il a ronchonné, contrarié de devoir contourner l'objet. J'ai osé lui demander de l'aide. Il a refusé, il était pressé. C'est madame Moussa qui m'a prêté main-forte. Nous avons traîné le canapé devant l'ascenseur, réussi à le caser dedans, envoyé au quatrième, réceptionné à l'arrivée, et fait glisser jusqu'à la chambre de Thomas. Pour la remercier, je lui ai proposé un verre de jus d'orange. Elle a décliné, elle devait libérer la baby-sitter.

Après le départ de Charline, il m'a fallu du temps pour réaménager sa chambre vide. J'avais peur qu'elle se sente effacée, peur que cela l'empêche de revenir. J'ai attendu deux ans avant de la transformer. J'y ai laissé son lit, pour les nuits où elle serait là, et son doudou préféré. J'y ai ajouté une bibliothèque, des livres, un bureau, des rideaux, de la vie. Il est temps que j'en fasse de même pour la chambre de son frère.

Sous l'œil impavide d'Édouard, allongé sur le pas de la porte, je range coupes et médailles, dispose cadres et vases sur les étagères. Dans le placard, je place les draps et le linge de bain, ils encombraient la commode. Je roule les posters, classe les photos. J'échange le lustre Star Wars contre un plafonnier en bambou. Je plie les derniers vêtements. Je les renifle. Je laisse le graffiti. Je fais entrer la table à repasser, elle ne trônera plus dans le salon. Une plante, qui se mourait dans la cuisine. Peu à peu, l'univers de Thomas disparaît. Je referme le carton contenant les affaires de mon fils et la plus belle période de ma vie.

C'est douloureux. Je ressens la chaleur de leur petit corps, j'entends leur voix, leurs premiers mots. Je revois Thomas lâcher ma main et s'élancer vers son père sous les applaudissements de sa sœur. Je revois Charline fière de me réciter un poème pour la fête des Mères. C'était hier. Où est passé le temps ?

Les regrets encombrent mon rétroviseur. J'ai l'éprouvant sentiment de ne pas en avoir assez profité. De ne pas avoir eu conscience, au moment où ils étaient palpables, de la fugacité de ces instants. D'avoir laissé le superflu écraser l'essentiel. Un week-end sur deux, quand ils allaient chez leur père, le manque d'eux faisait naître des résolutions. Et puis, la vie quotidienne. Le travail, le ménage, la cuisine, les courses, les trajets, les devoirs, la fatigue.

La sonnerie du téléphone éteint ma nostalgie. Le prénom de mon ex-mari s'affiche, affublé d'un emoji représentant un cochon. J'hésite à répondre, je ne lui ai pas parlé depuis plus de deux ans.

— Oui ?

— Salut Élise, c'est moi.

— Moi qui ?

— Ha, ha ! Toujours aussi drôle.

— Je te remercie.

— C'est Charline qui m'a demandé de t'appeler.

Mon cœur s'emballe.

— Il lui est arrivé quelque chose ?

— Non, non, c'est à propos de ton anniversaire. Elle a l'impression que tu ne la crois pas, quand elle te dit qu'elle ne pourra pas être là ce week-end. C'est de ma faute, j'avais complètement oublié la date. C'est les cinquante ans de mariage de mes parents, on organise une fête, elle n'osait pas te le dire. C'est prévu depuis longtemps. Vous pourrez faire un truc plus tard, c'est pas grave.

C'est pas grave.

C'est ce qu'il m'a dit, il y a onze ans, quand j'ai découvert les messages. Une femme rencontrée au sport. Elle ne représentait rien. Il ne recommencerait pas, promis. Il m'aimait, il ne voulait pas me perdre. J'ai pardonné. Cela m'a demandé des mois, et une thérapie. Il a fini par partir, avec cette femme rencontrée au sport, celle qui ne représentait rien. Une affligeante banalité. L'histoire de deux personnes qui tombent amoureuses, et d'une troisième qui tombe au fond d'un gouffre.

T'as raison, c'est pas grave. C'est ce que je lui dis. Je comprends, nous décalerons, bonne soirée, merci d'avoir appelé, joyeux anniversaire à tes parents.

Il raccroche, je m'écroule sur la nouvelle banquette, en boule, la tête dans mes bras. Je pleure le départ de Thomas, l'absence de Charline, les vieilles blessures, le temps qui s'enfuit, je pleure comme un bébé, comme si je n'allais jamais m'arrêter. Quelque chose me touche le bras. Je lève la tête, une langue chargée de bave me lèche le nez. Édouard me regarde, l'air penaud. Il sait qu'il n'a pas le droit de monter sur le canapé. Mais ça non plus, ce n'est pas grave. Alors, je le serre contre moi, et je laisse son haleine fétide asphyxier mon chagrin.

36

Lili

Sans se concerter, avec le papa du box voisin, la maman des triplés et celle au regard noir, on se rejoint chaque jour aux alentours de treize heures dans la salle des familles. On ne parle pas forcément, mais on est ensemble.

C'est étrange, tout de même. On n'est jamais aussi entouré que quand on vit une épreuve, pourtant on ne se sent jamais aussi seul. Je pensais à ça, l'autre nuit, dans le lit. Je dormais dans les bras de ton papa, chose qu'on ne faisait jamais avant, j'avais besoin d'espace, je ne dormais bien que tournée vers le vide, mais, depuis ton arrivée, un besoin de contact permanent s'est imposé. Le choc nous a soudés, littéralement. Il faut qu'on se touche, qu'on se frôle, qu'on s'agrippe, comme pour consoler l'autre, comme pour se réconforter, soi. Je dormais dans ses bras, tes grands-parents à quelques mètres, mon père et ta marraine à portée de téléphone, tous nos amis, nos voisins, nos collègues présents et disponibles, et je me sentais infiniment seule. Même porté à plusieurs, le chagrin ne pèse pas moins.

Je ne me sens pas moins seule dans la salle des familles. Pourtant, être avec des personnes qui vivent plus ou moins la même aventure, qui connaissent le long couloir, la vue grise, le tableau blanc, les bips des machines, qui côtoient Florence, Estelle, le docteur Bonvin, des personnes qui savent ce qu'est un scope, une sonde, une sat, qui se désinfectent les mains à longueur de journée, qui savent l'inconfort du fauteuil bleu, qui mangent souvent froid, qui dorment toujours mal, être avec des personnes qui se sentent seules même entourées, ça me fait du bien.

Je suis arrivée la première. J'ai dressé la table pour quatre et rempli les verres d'eau. La maman des triplés a suivi, deux boîtes dans les mains :

— J'ai fait quelques gâteaux.

Elle a ouvert les boîtes, les « quelques gâteaux » pouvaient nourrir toute la ville. La maman au regard noir a fait son entrée, esquissant une grimace qui se voulait sans doute un sourire. Le papa du box voisin n'a pas tardé. Des nouvelles rassurantes sur l'état de santé de sa femme lui avaient rendu ses couleurs.

— Au fait, comment s'appellent vos enfants ? a demandé la maman des triplés.

Ici, nos prénoms n'ont pas d'importance. Pour le personnel et les autres parents, nous sommes « la maman de » ou « le papa de ».

J'ai donné ton prénom. C'est toujours la même émotion quand je le prononce à voix haute. Quand

162

je dis « ma fille », aussi. C'est nouveau, une région de ma vie sur laquelle je viens d'accoster.

— Les miens, c'est Inès, Lina et Sohan. C'est dur de choisir un prénom, alors trois, je vous dis pas !

— Moi, vous savez déjà, a répondu le papa du box voisin. Mon fils s'appelle Milo.

Nos regards ont convergé vers la quatrième.

— Clément.

Un seul mot, et sa mine était moins sombre. La maman des triplés a enchaîné :

— Ça fait quarante jours qu'on est là, je suis trop contente d'avoir des adultes à qui parler ! J'aime mes bébés, hein, mais ils n'ont pas beaucoup de conversation. Ils sont là pour quoi, les vôtres ?

Personne ne se lançait, donc elle a attaqué :

— Les miens, ils sont nés à trente semaines. Dès le troisième mois, ça commençait mal, j'ai dû rester alitée toute ma grossesse. Au début, c'était chouette, surtout que je suis tout le temps debout au boulot, alors ça me reposait, mais, au bout d'un moment, j'en pouvais plus, j'avais l'impression de me transformer en drap-housse et je connaissais tous les personnages des *Feux de l'amour*. Déprime totale. Bon, faut voir les points positifs, j'ai assez tricoté pour les habiller jusqu'à leurs quarante ans.

J'ai laissé échapper un rire. J'adorais sa manière de raconter les choses. Elle a poursuivi :

— Le temps était long. Mon mari travaille beaucoup, il rentrait tard le soir, parfois ma voisine venait me tenir compagnie. Je crois que je préférais les personnages des *Feux de l'amour*. Elle est gentille, hein, je dis pas le contraire, mais elle a le charisme d'un phasme. Au bout de cinq mois, j'avais trop de contractions, alors on m'a hospitalisée et, un jour, la piscine s'est vidée et on a dû sortir les poissons du bocal.

— Ils vont bien ? j'ai demandé.

— Lina et Sohan commencent à s'alimenter seuls, c'est plus compliqué pour Inès, mais les médecins sont très confiants. Si Dieu veut, ils devraient s'en tirer sans séquelles. Ils ont eu beaucoup de chance.

Elle a baissé la voix, comme pour retenir son bonheur. Qu'il n'aille pas narguer les autres. Le papa de Milo a pris la parole. Il nous a raconté la souffrance fœtale aiguë, le manque d'oxygène, les convulsions, l'hypothermie pour limiter les dégâts, l'attente insupportable, l'espoir.

— Sa tonicité s'améliore. Il paraît que c'est encourageant. Pendant que ma femme était au bloc, on m'a fait comprendre que je risquais de les perdre tous les deux. Ils sont tirés d'affaire, pour le reste on avisera au fur et à mesure.

Instinctivement, la maman des triplés lui a tapoté le bras. J'ai cherché une phrase réconfortante, la seule qui m'est venue est celle que l'on dit quand on n'a rien à dire :

— Ça va aller.

La maman de Clément a gardé le silence. Personne n'a insisté.

En quelques mots, j'ai raconté ton histoire. Jusque-là, il m'était souvent arrivé de nous estimer victimes d'une épreuve. Cet obstacle sur notre chemin

164

était un coup du sort. Pour la première fois, je mesurais notre chance. Pour la plupart des gens, avoir un enfant est naturel. On décide de devenir parent, se passent un mois, deux, quatre, six, on danse devant un trait bleu sur un bâtonnet, on annonce la nouvelle à ses proches, on enchaîne les échographies, on donne naissance à un petit être, trois kilos deux, cinquante centimètres, on se découvre un cœur élastique, on connaît une première nuit blanche, on le mitraille de photos, et on rentre à la maison, avec un membre de plus dans la famille. Pourtant, certains ont douloureusement appris qu'avoir un enfant n'était pas une formalité. Ceux qui espèrent pendant des mois. Des années. Ceux qui ont arrêté d'espérer. Celles qui subissent des traitements. Les piqûres. Les prises de sang. Les prélèvements. Ceux qui recueillent leur semence dans une pièce blanche. Ceux qui ont mal en croisant des ventres ronds. Ceux qui voient le regard de l'échographiste changer. Ceux qui reçoivent le ciel sur la tête. Son cœur a cessé de battre. Son cœur ne bat pas normalement. Votre cœur ne battra plus jamais comme avant. Ceux qui doivent prendre une décision. Ceux qui n'ont pas à la prendre. Ceux qui sortiront de la maternité les bras vides. Ceux qui ne verront jamais ses yeux s'ouvrir. Ceux qui donneront naissance au silence. Ceux qui verront les sages-femmes s'affoler. Ceux dont le bébé sera emmené. Ceux qui entendront l'inaudible. Problème. Malformation. Handicap. Attendre. Ceux dont l'existence sera reliée à des machines. Ceux qui auront des photos de tuyaux. Ceux qui pousseront la porte de la réanimation.

Je n'avais jamais envisagé que donner la vie puisse se passer autrement que comme on nous l'avait toujours raconté. Désormais, comme tous les autres parents accidentés, je sais à quel point avoir un enfant en bonne santé relève du miracle.

37

Élise

Je n'ai pas de glands depuis deux jours. C'est inhabituel.

Je frappe à la porte de madame Di Francesco. Elle ne répond pas. J'insiste. J'interpelle monsieur Lapin, qui rentre à cet instant, un guéridon à la main.

— Je suis bien content qu'elle ait arrêté ses blagues minables, déclare-t-il. Les policiers n'ont jamais voulu prendre ma plainte. Ils ont affirmé que les carottes ne représentaient pas une menace sérieuse. Pourquoi vous riez ?

Je n'ai pas pu me retenir. Il s'engage dans l'ascenseur, m'ignorant quand je lui glisse que c'est inquiétant. Je reste en bas plus d'une heure, je questionne tous les voisins que j'y croise. Personne n'a d'information, et tout le monde s'en moque.

Je m'apprête à monter lorsqu'une femme que je ne connais pas entre dans le hall et se dirige vers la porte de l'appartement du rez-de-chaussée. Elle extirpe un trousseau de clés de son sac et, une à une, tente de les insérer dans la serrure.

Je m'approche d'elle, elle sursaute.

— Excusez-moi, je ne voulais pas vous faire peur.

— J'ai la phobie des chiens, fait-elle en fixant Édouard.

— Vous connaissez madame Di Francesco ?

— C'est ma tante. Elle est à l'hôpital, elle s'est cassé le col du fémur. Je viens lui chercher quelques affaires.

— Elle va y rester longtemps ?

Une clé glisse enfin dans la serrure. La porte s'ouvre, la nièce s'engouffre dans l'appartement tout en poursuivant la conversation. Je pénètre dans l'entrée. C'est un véritable capharnaüm. Sous la lumière tamisée, les tapis semblent avoir été jetés là au hasard, des cadres de toutes tailles envahissent les murs, un enchevêtrement de fils court le long des plinthes, les livres s'empilent à même le sol, et le buffet est jonché de boîtes pleines de glands, cailloux, rondelles de carottes, clous, brindilles de bois et de Post-it. Je dois réfléchir quelques secondes pour comprendre que ces derniers sont destinés à la famille Lacolle, du deuxième.

— Une ou deux semaines, ensuite elle ira en maison de repos, le temps qu'on lui trouve une place en Ehpad.

— Elle ne reviendra pas ?

La nièce sort de ce que je suppose être la chambre de madame Di Francesco, une pile de vêtements sur les bras :

— Non, ce n'est plus possible. Ça fait un moment qu'on veut la placer, avec ma sœur. Elle perd la boule, elle oublie de prendre ses médicaments, de manger, il faut qu'elle soit prise en charge. Elle n'est pas contente, mais c'est comme ça. Il a vraiment une drôle de tête, votre chien.

Je rentre chez moi, le cœur serré. Je n'éprouvais pas une affection débordante pour ma voisine, mais la savoir contrainte de quitter son foyer m'attriste. J'ai vécu dix ans à quelques mètres d'elle, certains locataires la côtoient depuis plusieurs décennies. Je me suis habituée à elle.

J'attrape une feuille et un marqueur, écris une note à l'attention des habitants de l'immeuble et descends l'accrocher dans le hall :

Madame Di Francesco, de l'appartement 3,
part vivre en maison de retraite.
Et si nous lui offrions un cadeau de départ ?
Si vous souhaitez participer,
merci d'écrire votre nom ci-dessous.
Élise Duchêne, appartement 47

En remontant chez moi, je reçois un message de Thomas. Il a trouvé une famille pour Édouard.

38

Lili

À mon arrivée ce matin, j'étais attendue par une bonne nouvelle. Finie la table chauffante, tu es désormais dans un berceau simple. Ton corps parvient à réguler sa température.

À chaque nouveau progrès, c'est comme si tu soufflais sur le brouillard. Je vois demain plus nettement. Je me détends, même si je ne suis pas totalement sereine. Je me méfie du bonheur, la facture est trop salée. Il débarque chez toi, il pose ses valises, envahit l'espace, le moindre recoin, il est plaisant, de bonne compagnie, alors on s'y habitue, on s'y attache, il devient indispensable, et puis, brusquement, un jour, il disparaît, on rentre et il est parti, laissant la porte ouverte et le malheur mettre ses pieds sous la table.

Quand la psychologue est arrivée, ton papa était présent. Il a entrepris de quitter le box, elle l'a retenu :

— Comment allez-vous ?

Il lui a parlé de la bonne nouvelle, elle était ravie, mais pas dupe.

— Vous ne restez pas ?

— Je pensais que vous vouliez vous entretenir avec ma femme.

— Pas forcément. Si vous le souhaitez, je peux vous écouter. C'est compliqué, pour les pères aussi. Ils ont tendance à vouloir tout gérer, pour diverses raisons. Parfois, parce qu'elle occupe une place particulière dans l'inconscient collectif, c'est la maman qui reçoit le soutien, les marques d'affection. Il arrive que les papas se sentent mis de côté.

Il a répondu que ce n'était pas son cas. Puis, il a réfléchi quelques secondes et a ajouté :

— On est entourés, tous les deux. Je ne me sens pas mis de côté par nos proches. Mais parfois…

Il s'est interrompu. Avec son sourire, Eva l'a encouragé. Il a repris, sans me regarder :

— Parfois, je me sens un peu mis de côté par Lili.

J'ai pris la phrase en pleine face. Uppercut. Il a poursuivi, d'une voix douce :

— En ce moment, à part la petite, rien ne compte pour elle. C'est normal, je ne le lui reproche pas, mais la vie continue de tourner en dehors de la néonat ! Je fais tout pour qu'elle n'ait rien d'autre à faire que s'occuper de notre fille, je travaille, je fais les courses, je gère des papiers, je nourris le chat, je donne des nouvelles aux gens… Je suis épuisé, et j'ai l'impression qu'elle ne le voit pas.

J'ai repris mon souffle. La psy me dévisageait en silence. J'avais le sentiment d'être au tribunal.

— Bien sûr que je le vois. Je n'arrête pas de te demander comment tu te sens, et tu m'assures que tout va bien. Pourquoi tu ne le dis pas ?

— Je te le dis, là.

Je n'ai pas insisté. La manie qu'a ton papa de garder son ressenti pour lui est l'un de nos principaux sujets de discorde. Il fait taire ses contrariétés, ses colères, ses reproches, il les enferme dans une petite boîte, où ils s'accumulent, se nourrissent les uns des autres. Et un jour la boîte explose. La déflagration a déjà failli nous être fatale.

— Peut-être que tu aurais pu me le dire en tête à tête.

Eva est intervenue :

— Vous savez, les couples sont souvent déstabilisés par l'arrivée d'un enfant. Il n'est pas rare qu'ils se séparent dans l'année suivant la naissance. C'est un grand chamboulement de ne plus être la personne la plus importante pour l'autre. Si l'on ajoute les complications que votre fille a connues, c'est un ouragan. Les épreuves partagées sont les plus difficiles à surmonter, car tous les individus concernés sont fragilisés, et chacun a une manière personnelle de réagir. Cela crée forcément des frictions.

J'ai pensé à notre besoin de nous toucher sans cesse, et j'ai rétorqué :

— J'avais l'impression qu'au contraire ça nous avait soudés.

Il a soupiré :

— Il faut toujours que tu exagères. C'est pas parce que j'ose avouer que je me sens un peu mis de côté qu'on n'est pas soudés. Je veux juste te dire que, maintenant qu'on est rassurés, tu pourrais, par exemple, passer un peu de temps à la maison. La vie continue, dehors !

J'entendais le besoin de présence de ton papa, j'aurais aimé autant d'empathie de sa part. Il est la seule personne capable de me blesser au point de me faire oublier ma peur des conflits. Dans ces cas, j'ai pour sale manie de renvoyer les reproches à leur expéditeur, avec si possible une petite pointe de mauvaise foi :

— Peut-être que je serais plus souvent à la maison si je ne risquais pas de tomber sur ton père en slip.

Il a ricané :

— Heureusement que mes parents sont là ! Je sais pas comment je ferais pour tout gérer, sans eux.

— Tu m'étonnes. J'imagine que ta mère t'a donné le sein jusqu'à ta majorité.

Je parlais d'une voix calme, mais, dans mes veines, c'était l'ébullition. Je lui en voulais d'avoir déclaré la guerre, mais c'est à moi que j'en voulais le plus, de ne pas savoir cesser le feu. Comme à chaque fois que je me sentais attaquée, j'allais trop loin. Je m'en rendais compte au fur et à mesure que les mots franchissaient mes lèvres, pourtant je n'arrivais pas à les retenir. Il a grogné :

— Elle, au moins, elle ne lâche pas tout au premier obstacle.

174

— Oh, elle en serait incapable ! j'ai ironisé. Tu as une maman parfaite, mon amour.

Il a ouvert la bouche, pris une inspiration, puis s'est ravisé. On se défiait du regard, je savais ce qu'il avait envie de me hurler, je savais la phrase qu'il retenait. Je voyais ses mâchoires se contracter et je priais mentalement pour qu'il n'ose pas aller si loin. La psychologue s'est mise à parler de la colère, qui était souvent révélatrice d'autres émotions, comme la tristesse ou la peur. Je l'écoutais en songeant qu'elle avait sans doute raison, que la fatigue et l'angoisse des dernières semaines exacerbaient la moindre contrariété. J'essayais de recouvrer mon calme en te caressant le bras, je ne voulais pas que tu sois contaminée par l'agressivité ambiante. Ton papa fixait le sol, les sourcils froncés. Eva est intervenue :

— Il est toujours préférable de dire ce que l'on ressent plutôt que de faire des reproches. « Je ressens » plutôt que « Tu as fait ça ». Peut-être pourriez-vous tenter de formuler ainsi ce que vous éprouvez ?

C'était l'occasion de désamorcer la situation. Elle s'est tournée vers moi, je devais commencer. J'ai pris une longue inspiration et j'ai retiré mon armure :

— Je me suis sentie blessée, mais je comprends ce que tu as voulu dire. Je n'arrive pas à penser à autre chose qu'à elle, mais je vais faire un effort. Si tu y tiens, je peux rentrer plus tôt le soir ?

La psychologue a accueilli mon pas d'un hochement de tête. Ton père a posé son regard sur moi, il m'a dévisagée longuement, j'ai souri, j'ai cru qu'il allait sourire aussi, mais non, il s'est levé sans un mot, et il est parti.

Thomas

11 h 38

Bonjour mon chéri, c'est maman. Je t'ai appelé hier soir, tu as eu mon message ? Bises. Maman

11 h 44

Suis en cours, t'appelle ce soir.

11 h 48

Tu devrais éteindre ton téléphone pendant les cours, cela te déconcentre. Bises mon chéri. Maman

39

Élise

Le bébé dont je m'occupe aujourd'hui s'appelle Noah. Il est dans le service depuis vingt jours, dans la zone verte. Il est né à vingt-neuf semaines d'aménorrhée. Il a eu une infection, désormais guérie. Il a encore besoin d'apport en oxygène pour respirer.

Il est grand. Pas épais, mais long. Il a des doigts délicats qui s'accrochent à ma blouse. Il est agité. Il tète sa sucette avec frénésie.

La puéricultrice présente, Julie, m'a confié qu'il lui fallait beaucoup d'affection.

— Ses parents ne viennent pas souvent ? ai-je demandé.

Elle a seulement secoué la tête. Je n'ai pas à connaître les détails.

Pendant quatre heures, je retrouve les réflexes d'avant. Je lui caresse la tête, l'oreille, la joue, je lui chante la berceuse qui a endormi mes enfants, je lui chuchote des histoires, les miennes, parfois. De temps en temps, il ouvre un œil curieux, avant de replonger dans le sommeil.

Je le quitte à regret. Julie m'informe que certains bénévoles viennent plusieurs fois par semaine. Si je le souhaite, je peux en faire la demande.

Dans le vestiaire, je croise Jean-Louis, le grand chauve. Nous échangeons quelques banalités, je lui parle de Noah, il me décrit Lou, et nous quittons ensemble le service. Nous sommes dans l'ascenseur lorsqu'il me déclare :

— Tu es solaire. C'est un bonheur, à chaque fois que je te vois.

Je bafouille un merci, gênée, il reprend la conversation là où il l'avait laissée. Il y a bien longtemps qu'on ne m'a pas complimentée. La dernière fois, c'était le conducteur d'une fourgonnette de livraison, alors que je marchais sur le trottoir. Arrive-t-on réellement à séduire des femmes en leur demandant : « T'as de belles jambes, à quelle heure elles ouvrent ? »

Jean-Louis me raccompagne à ma voiture. La lune, ronde, éclaire le ciel.

— Mon fils a passé deux mois en néonat, dit-il soudain. C'étaient des jumeaux, l'autre est décédé juste après sa naissance. Quand j'ai su qu'ils cherchaient des bénévoles, je n'ai pas hésité. Et toi, t'as des enfants ?

— Deux.

Je m'apprête à m'arrêter là, à lui souhaiter une bonne soirée et à prendre congé, mais mes résolutions me reviennent en mémoire.

— La première vit à Londres, le second à Paris.

— Les ingrats, répond-il en secouant la tête. Le mien est parti près de Lille, il a suivi l'amour. Ils nous

180

réveillent dix fois par nuit, ils nous vomissent dans le cou, ils nous font applaudir le contenu de leur pot, ils nous obligent à assister à des spectacles de marionnettes, ils nous font replonger dans les tables de multiplication, ils nous font coller des pare-soleil Mickey sur les vitres de la voiture, ils nous poussent à lire Tchoupi, ils nous provoquent des ulcères, et ils finissent par nous abandonner. L'arnaque. On aurait mieux fait de prendre une tortue de terre.

Je le dévisage, sans parvenir à déterminer s'il est sérieux.

— Ne te plains pas, tu n'as pas les vergetures.

Il s'esclaffe :

— Non, mais j'ai une plaque de métal dans le fémur depuis que je lui ai appris à skier.

— Ma fille m'a collé un chewing-gum dans les cheveux.

— Pendant que je faisais une sieste, mon fils m'a enfoncé une tête de bonhomme Lego dans la narine.

J'abdique, hilare.

Au retour, je fais halte dans le restaurant japonais près de chez moi. La soirée m'a épuisée, je n'aurai pas le courage de me préparer à dîner. J'attends ma commande à emporter au comptoir d'accueil, dans un brouhaha chaleureux. Autour de moi sont attablés couples, familles, amis. Une bouffée de mélancolie m'envahit, mais je la chasse aussitôt. Je vais rentrer chez moi, déguster mon repas en lisant, avec l'agréable certitude que personne n'insérera quoi que ce soit dans mon nez pendant que je dormirai.

40

Lili

J'ai rencontré tes petits voisins. C'est la maman des triplés qui a proposé qu'on se présente nos enfants. C'était émouvant de découvrir tes colocataires de début de vie.

C'était un moment fort, comme le point de départ d'une nouvelle relation, plus profonde. Désormais, on était impliqués. On n'a fait aucun commentaire. Nos silences disaient tout.

On a commencé par Milo, puis les triplés, et toi. La maman au regard noir nous a ensuite menés jusqu'à son Clément. Une interne que je ne connaissais pas se trouvait dans son box, un dossier entre les mains.

— Tout va bien ? s'est inquiétée la maman.

L'interne n'a pas répondu, affairée à consulter les documents.

— Docteur, il y a un problème ?

Sa voix trahissait son angoisse. La maman des triplés, le papa de Milo et moi sommes sortis pour les laisser seules. Depuis le couloir, nous entendions tout :

— Le docteur Bonvin vous expliquera, a lâché l'interne.

— Je vois que quelque chose ne va pas, on me répète toujours d'attendre, j'en crève, chaque seconde est une torture. Je vous en supplie, dites-moi !

Pas de réponse. Elle a insisté :

— Vous avez les résultats ?

Il y a eu un long silence, puis la voix de l'interne s'est abattue :

— Le docteur Bonvin a prévu de venir vous parler. Je crains que les nouvelles ne soient pas bonnes.

Elle a dégoupillé une grenade, l'a jetée dans le cœur de la maman de Clément, puis elle a quitté le service pour poursuivre tranquillement sa journée. J'étais glacée. On a attendu quelques minutes avant de retourner dans le box. La maman de Clément était figée, debout face à la fenêtre. Le papa de Milo a posé la main sur son épaule. La maman des triplés est sortie précipitamment. Elle est revenue quelques minutes plus tard, un gâteau à la main :

— Tiens. Y a tellement de sucre là-dedans que le cerveau se déconnecte.

Elle a remercié en silence, a pris le gâteau et l'a conservé dans sa main. L'effroi lui déformait le visage, elle était en train de vivre ce que tous les parents du service redoutaient, et elle devait attendre pour connaître les détails de son cauchemar.

On a quitté son box en refermant la porte doucement et on a réfléchi à la manière de lui redonner un peu de souffle avant la prochaine vague.

On s'est rendus au centre commercial le plus proche.

On a commencé par la librairie. Les livres sont le meilleur moyen de s'envoler vers d'autres vies, quand la sienne est trop lourde. Je n'ai pas hésité longtemps, je lui ai acheté mon préféré : *La Vie devant soi*, de Romain Gary. L'amour, l'humour et la poésie qui se dégagent de cette histoire me semblaient être un bon remède. Le papa de Milo a opté pour *L'Alchimiste*, la maman des triplés a sélectionné *Le Vieux qui lisait des romans d'amour*.

On a poursuivi par la boutique de literie. Le vendeur nous a aidés à choisir un oreiller, pour rendre ses nuits sur le canapé plus confortables.

On a gardé le meilleur pour la fin. À la papeterie, on a pris une feuille A3 et des crayons de couleur, puis on a terminé par le magasin de sport.

On a tout installé dans la salle des familles. Elle nous a rejoints après s'être entretenue avec le docteur Bonvin. Les résultats des derniers examens ne montraient aucune amélioration de l'état de Clément. Nous n'avions que nos cadeaux pour lui remonter le moral.

Au premier paquet, elle reniflait. Au deuxième paquet, elle s'essuyait les yeux. Au troisième paquet, elle hoquetait. Au quatrième paquet, elle faisait tout à la fois. On trépignait d'impatience à l'idée de lui dévoiler le cinquième. Elle a déchiré le papier cadeau sans comprendre pourquoi on lui offrait un jeu de fléchettes. Lorsque la maman des triplés a fermé la porte, son visage s'est éclairé. À l'arrière, on avait accroché une cible, au centre de laquelle trônait un portrait approximatif de l'interne.

Thomas

14 h 21

Bonjour mon chéri, c'est maman. Il y a de gros orages à Paris, tout va bien pour toi ? Bises. Maman

15 h 02

Thomas, tout va bien ? J'essaie de t'appeler mais je tombe sur ton répondeur. Maman

15 h 32

Thomas, j'ai vu des images de l'orage, je m'inquiète. Réponds-moi. Maman

15 h 56

Désolé Mam, j'étais en cours, mon portable était en mode avion.

15 h 57

Quelle idée, tu devrais le laisser toujours allumé ! Je suis rassurée. Bises mon chéri. Maman

41

Élise

Je tolère de mieux en mieux l'effort physique, même si mon corps ne semble pas avoir reçu l'information. À la fin du cours de danse, je gis au sol telle une étoile de mer. Édouard, qui a sagement assisté à la séance, me saute dessus. Nora tente de me redonner vie :

— Allez, mamie, debout ! Mais fais doucement, pense à ton ostéoporose.

Elle est bienveillante.

Les autres danseurs ont quitté la salle, Mariam attend patiemment que je réunisse mes membres.

— Vous venez manger à la maison ? nous propose-t-elle.

Je gémis :

— Laissez-moi décéder, je vais vous ralentir.

— D'accord, bonne soirée ! fait-elle en tournant les talons, suivie de Nora. Dommage, j'ai préparé un délicieux risotto hier, il est encore meilleur réchauffé.

Mon estomac prend le contrôle de mon corps, je me lève et les rejoins.

L'appartement de Mariam est chaleureux, abondamment meublé, décoré avec goût. En revanche, ses talents culinaires sont discutables.

La bouche pleine de risotto, Nora articule :

— Bordel, on peut faire des empreintes dentaires, avec ça.

Mariam pince les lèvres :

— Il est très bon. Élise, qu'en penses-tu ?

Je prends une deuxième bouchée, la savoure, puis hoche la tête :

— Je te trouve très sévère, Nora. C'est délicieux, pour du mastic.

Nora en recrache sa gorgée de vin. Mariam joue l'offusquée et retire le plat. Tandis qu'elle s'éloigne vers la cuisine, nous parvient le rire qu'elle tente d'étouffer. Édouard la suit en remuant la queue.

Le dîner s'écoule, entre confidences et éclats de joie. Je retrouve des sentiments ankylosés. J'avais oublié à quel point j'aimais les rencontres. Découvrir l'autre, se dévoiler, se deviner des points communs, échanger des souvenirs, choisir ce que l'on souhaite confier, taire ce que l'on n'est pas prêt à dire, élargir son horizon.

Mariam parle fort, rit fort, vit fort. Elle a grandi dans des contours trop étroits pour elle. Dès qu'elle l'a pu, elle a débordé.

— Je n'ai jamais aimé les contraintes, explique-t-elle. Déjà, à la naissance, je suis arrivée deux mois en avance. J'étais une petite fille désobéissante, aucune punition n'était assez forte pour me forcer à respecter les règles. Je ne comprenais pas pourquoi on ne pouvait pas juste faire ce qu'on avait envie de faire. Je me sentais différente des autres. Mon corps a vieilli, mais pas mon âme. Je suis toujours cette enfant qui suit ses désirs. Si je n'ai pas envie d'aller à un repas, si je n'éprouve pas de plaisir à l'idée d'une sortie, je m'abstiens. En revanche, si quelque chose me fait vibrer, comme la danse, câliner les bébés hospitalisés, aider les femmes battues, jouer de la guitare, peu importe, je mets tout en œuvre pour mener mon projet à bien sans attendre. En ce moment, je prépare une traversée de l'Inde avec un sac à dos, et ça me réjouit !

— Tu es une femme forte, je commente en nous resservant un verre.

Elle s'esclaffe à nouveau :

— Je ne suis pas plus forte que vous. Je suis pétrie d'angoisses, mais j'ai décidé de les dépasser. La vie se trouve juste derrière la peur. Ce ne sont que des anticipations, des fabrications de notre cerveau. Ils sont trop lourds, ces fardeaux que l'on ne portera jamais.

J'ai l'impression de la contempler comme une groupie :

— J'aimerais être aussi libre que toi. Aller où mes envies me guident, me débarrasser de ces injonctions qui m'encombrent. Je rêve de voyager, par exemple, mais je serais incapable de partir seule.

— Tu es ton seul frein. La seule personne qui a l'obligation de te rendre heureuse, c'est toi.

— Moi, c'est le contraire, confie Nora. Je ne réfléchis pas assez avant d'agir, alors je regrette un paquet de trucs. J'ai quand même le visage de la reine d'Angleterre tatoué sur la hanche.

Nous gloussons, avant de comprendre qu'elle ne blague pas. Elle se lève, déboutonne son jean et nous apporte la preuve de sa confession. Je m'étrangle :

— Oh merde.

— Elle a pris Big Ben dans la tronche, ta reine, remarque Mariam.

Je ris tellement que je peine à articuler :

— Sa tête a fait le Brexit avec son corps.

— Et vous n'avez pas vu l'autre hanche, affirme Nora.

On la supplie de nous la dévoiler, elle préfère préserver une part de mystère – et de dignité.

Il est tard lorsque la soirée se termine. J'aurais pu rester encore. Ce soir, je n'ai pensé ni à Thomas, ni à Charline. Ce soir, pour la première fois depuis longtemps, je n'étais pas une maman.

42

Lili

Je suis arrivée plus tard que d'habitude, ce matin. Je suis allée embrasser ton grand-père, c'est une date particulière. Ta grand-mère, ma maman, aurait eu soixante ans.

Il s'était fait beau, il portait une chemise bleue, la couleur qu'elle préférait. Il était sur le point de prendre la route. Comme chaque année, il passe la journée à Biarritz. Elle y vit toujours, dans ses plus beaux souvenirs.

Cette fois, je ne l'accompagne pas. Mais j'ai pendu à mon cou le collier qu'elle aimait tant, celui avec la lune et le soleil. Un jour, il sera à toi.

Ton papa m'a offert un bouquet d'hortensias avant de partir travailler. C'étaient les fleurs favorites de ma mère. L'autre soir, après la séance avec la psychologue, on a beaucoup discuté. J'ai fini par concéder que j'avais exagéré. Il a admis que sa demande était égoïste. On s'est excusés. Il est parfois difficile de se tenir la main sur des montagnes russes.

J'approchais de ton box quand j'ai entendu des voix. J'ai reconnu celle de ta grand-mère (la maman de ton papa), j'ignorais qu'elle avait prévu de venir te voir. Elle savait que je ne serais pas là. Je me suis arrêtée dans le couloir. Son ton était affable, mais l'agacement transparaissait :

— Je ne suis pas d'accord. Je l'ai déjà signalé à votre collègue.

La voix de Florence a répliqué :

— Madame, les effets positifs de la sucette sur les bébés prématurés ont été démontrés. Elle les aide notamment à évacuer le stress qu'ils subissent, mais aussi à améliorer leur succion, qui se développe normalement en fin de grossesse.

— Écoutez, j'ai téléphoné à mon ami orthodontiste, le docteur Foucard, il sait de quoi il parle. La sucette déforme le palais et la mâchoire, c'est dramatique. Mon fils n'en a jamais eu, et il n'en a jamais réclamé. Vous lui donnez de mauvaises habitudes. Il paraît même que vous mettez du sucre sur la tétine, mais je ne peux y croire.

Florence restait admirablement calme :

— Tout à fait, on utilise une solution sucrée pour certains soins invasifs. Le glucose a des vertus antalgiques.

— Donc, ma petite-fille sera diabétique en plus d'avoir des dents de lapin. C'est inadmissible. Vous ne pouvez pas nous imposer vos choix. Vous devez écouter les familles !

— C'est ce que nous faisons. Les parents ne s'y sont pas opposés.

192

— Évidemment. Mon fils a autre chose à faire, et ma belle-fille accepte tout sans réfléchir. Elle est jeune. Vous ne voulez vraiment pas renoncer à la sucette ?

— J'ai du travail, je dois y retourner, a conclu Florence avant de quitter ton box.

Elle ne m'a pas vue, j'avais reculé. J'ai attendu quelques minutes, puis je suis entrée dans ta chambre. Ta grand-mère m'a souri, j'ai fait de même, alors que j'avais très envie de la transformer en papier peint.

— Tu arrives tôt ! Ton papa allait bien ?

— Très bien, merci.

Elle a penché la tête sur le côté et empli son regard de commisération, comme à chaque fois qu'on abordait le sujet de ma mère. Elle attendait sans doute que je développe, je ne l'ai pas fait. Tout ce qui m'intéressait, c'était toi. Je t'ai caressé la joue, tu dormais paisiblement.

— On oublie à quel point c'est petit, a glissé ta mamie.

Elle semblait émue. Je t'ai imaginée, dans trente ans, quand tu seras plus grande que moi, quand tu créeras ta propre famille, quand tu n'auras plus besoin de ma chaleur, et je me suis sentie proche d'elle.

— Vous voulez la prendre dans vos bras ?

Elle a secoué la tête :

— Oh non, tu sais, je ne suis pas très à l'aise avec les bébés ! J'aurais trop peur de lui casser le cou. Quand mon fils avait le même âge, je n'avais qu'une hâte : qu'il grandisse.

Elle a marqué une pause, puis a repris :

— Au fait, je viens de penser à quelque chose. Ils n'arrêtent pas de fourrer une sucette dans la bouche de la petite, c'est très mauvais pour elle. Tu ne voudrais pas leur dire que tu t'y opposes ?

43

Élise

J'arrache l'affiche du mur. Aucun voisin n'a mani-festé sa volonté de participer à la cagnotte. Hier soir, sa nièce est venue chercher des livres que madame Di Francesco a réclamés. Je suis allée ramasser des glands, et je lui ai demandé de les lui offrir de ma part, avec un petit mot. Cela m'a donné une idée. Tout à l'heure, en quittant le bureau, j'ai fait quelques emplettes au supermarché. À la nuit tombée, lorsque l'immeuble devient silencieux, je me faufile dans l'es-calier, et, sans allumer la lumière, je glisse dans les boîtes aux lettres clous, carottes, cailloux, Post-it et dans la mienne : des glands.

Je remonte en gloussant, huit ans dans la tête, cin-quante dans les jambes.

Quelques minutes plus tard, à vingt et une heures, on sonne à l'interphone. J'imagine la police me pas-ser les menottes, j'hésite à décrocher, ça sonne de nouveau. Je réponds.

— Bonjour, je viens voir le chien.

J'avais oublié.

Thomas me l'a rappelé ce matin, pourtant.

C'est un homme d'une quarantaine d'années, avec ses deux garçons. Comme à son habitude, Édouard leur saute dessus. Les enfants gloussent.

— Papa ! Il ressemble à mamie Moustache !

— Votre fils m'a envoyé des photos, déclare le père en souriant, il est encore pire en vrai.

Il s'accroupit et gratouille la tête du chien, qui, comblé, roule sur le dos et leur offre son ventre rond. Six mains s'affairent à le rendre heureux.

Ils possèdent un immense terrain, m'affirme l'homme, et il travaille à domicile. Il est rarement absent. Les enfants vivent avec lui. Ils avaient un croisé, adopté bébé, mort le mois dernier. Il a laissé un grand vide. Il a envisagé d'acheter un chiot, mais il a préféré offrir une seconde chance à un malheureux. Son frère est en cours avec Thomas, c'est lui qui lui a parlé d'Édouard.

— Il est propre ? m'interroge-t-il.

Je regarde Édouard, la queue comme un métronome, la gueule ouverte de joie, et mon cœur se comprime, je le revois dans sa cage au refuge, dans le lit de Thomas, faire la carpette sous mon bureau, la vigie dans la voiture, la course dans l'escalier, le beau dans le parc, le guet à la porte des toilettes, l'innocent sur le canapé, me faire un câlin quand je pleure, tout à coup je ne veux plus, j'ai envie de répondre que non, il n'est pas propre, il fait ses besoins partout, il prend les meubles pour des croquettes et les gilets pour des coussins, il aboie toute la journée et il a peur de son

196

ombre, mais alors je le priverais de ces moments que je ne suis pas certaine de pouvoir lui offrir.

— Si vous ne le laissez pas seul trop longtemps, il sera propre.

Ils prennent congé après avoir promis à Édouard de venir le chercher dimanche soir. Le temps de préparer son arrivée.

À peine la porte fermée, j'appelle Thomas. J'ai besoin d'entendre que c'est la bonne décision, qu'Édouard sera heureux chez son ami.

— Je connais que son frère, répond-il. Il est cool, mais lui je sais pas. T'en as pensé quoi ?

— Il a l'air gentil. Les petits étaient adorables.

— Bon. Alors ce sera mieux pour lui.

— Oui, ce sera mieux, mon grand.

Ce n'est pas lui que je cherche à convaincre.

La conversation ne s'éternise pas. Thomas prétexte des révisions, mais sa voix tremblante dévoile ses vraies raisons.

Je pose le téléphone sur la table basse et remonte le plaid sur mes cuisses. Il fait terriblement chaud, pourtant j'ai froid. Édouard m'observe, assis à mes pieds. Il remue la queue. Il a dû entendre son maître. Je tapote le canapé pour l'inviter à me rejoindre. Je pensais qu'il hésiterait, qu'il aurait peur de se faire gronder, mais, avant que j'aie eu le temps de retirer ma main, il prend son élan et me bondit dessus avec la grâce d'une enclume.

44

Lili

Ta marraine est venue passer l'après-midi avec nous. Elle te rend visite aussi souvent que possible, je ne regrette pas de l'avoir choisie, même si je sais qu'elle t'apprendra beaucoup de gros mots.

Elle avait apporté de nouvelles photos d'elle, comme si les huit déjà accrochées sur le tableau blanc ne suffisaient pas.

— Il faut bien que cette petite s'habitue à moi. Je suis un peu comme les brocolis, il faut m'introduire en douceur.

Elle a écarquillé les yeux en remarquant le double sens de sa phrase. On a eu un fou rire.

Elle a enfin accepté de te porter. Estelle l'a aidée à t'installer. Tu as un peu râlé, j'étais fière : tu me ressemblais. C'était la première fois qu'elle tenait un bébé dans ses bras, et c'était aussi émouvant qu'hilarant. Il fallait la voir, le dos droit, les jambes raides et ses longs bras tétanisés, on aurait dit qu'elle portait la bombe nucléaire. Au bout de trois minutes, elle a décrété que tu n'étais pas à l'aise et qu'il valait mieux cesser l'expérience, afin d'abréger ton calvaire. Tu as encore râlé.

Elle m'a proposé de l'accompagner dehors, elle avait besoin d'une cigarette après cet événement. On a fait halte dans la salle des familles, pour prendre un café. La maman des triplés s'y trouvait.

— Au fait, Cruella et le capitaine Crochet sont toujours chez toi ? m'a demandé ta marraine.

J'ai gloussé en comprenant qu'elle parlait de tes grands-parents :

— Ils sont toujours là. J'ai abandonné, ils resteront jusqu'à ce qu'on sorte d'ici.

— Je ne sais pas comment tu fais. À ta place, je crois que j'aurais fait un civet de cons.

La maman des triplés est intervenue :

— Ne vous plaignez pas, ma Cruella à moi, c'est ma propre mère. Elle est venue ce matin avec un petit cadeau : des gélules drainantes et une photo de moi du temps où j'étais mince.

Ta marraine a éclaté de rire :

— Et tu les as avalées ?

— Surtout pas. Je les garde pour les offrir à ma future belle-fille.

On a quitté la salle des familles, embarqué le papa de Milo et la maman de Clément au passage, et, tous ensemble, on est descendus prendre l'air. C'était bizarre, de se voir dans un autre environnement.

Il faisait beau. On s'est installés sur un banc entouré d'herbe, près du parking. Ta marraine a raconté les derniers potins de stars, elle se passionne pour la vie des célébrités depuis l'adolescence, elle connaît tout de leur carrière, de leurs amours, elle s'émeut des naissances, s'offusque des adultères. C'est le moyen qu'elle a trouvé pour se divertir de sa propre existence. Elle refuse d'acheter les magazines, pas question de cautionner cette traque organisée, mais, à l'abri des regards entre deux rayons, elle les feuillette sans vergogne.

Pendant près d'une heure, on n'a pas parlé de toi. Ni de Milo, Clément, Inès, Lina ou Sohan. Le soleil caressait notre peau, des gens passaient en voiture ou à pied, les oiseaux piaillaient, la vie continuait. Et c'était doux.

Avant de remonter, la maman de Clément a sorti un petit couteau de sa poche. J'ai failli partir en courant, mais elle l'a déplié, s'est accroupie, et, sur le bois, elle a gravé des lettres. Quand elle a eu terminé, elle a affiché un sourire satisfait. Le dossier du banc arbore désormais le prénom de tous nos petits naufragés de la néonat.

Charline et Thomas

8 h 44

Bonjour mes chéris, c'est maman. Je voulais juste vous dire que je vous aime. Bises. Maman

21 h 56

Bonsoir mes chéris, c'est encore maman. Je retire ce que j'ai dit. Bises. Maman

45

Élise

Muriel m'a téléphoné de Los Angeles. Il était deux heures du matin, décalage horaire oblige, mais je ne lui en ai pas tenu rigueur.

— Joyeux anniversaire, ma vieille !

Je lui ai rappelé qu'elle avait un an de plus que moi.

Elle me manque. Nous avons grandi ensemble, je nous imaginais vieillir de la même manière. Le jour de ses quarante ans, elle a reçu des cadeaux, des déclarations, et la réalité en pleine figure. Elle n'aimait pas son travail, elle n'aimait plus son mec, elle ne supportait plus ce corps qui lui refusait un enfant. Elle a pris quelques mois, pour ramasser ses illusions et dessiner son lendemain, puis elle s'est envolée vers Los Angeles, où, dans les séries télé, la vie lui paraissait plus douce. Elle n'aime pas son travail, elle n'aime aucun de ses mecs, mais elle s'est réconciliée avec elle-même.

C'était bon de l'entendre. Cela arrive de loin en loin, pourtant, à chaque fois, c'est comme si nous

nous étions parlé la veille. On s'est quittées sur la promesse de se voir rapidement, ici ou ailleurs.

Charline m'a appelée dans la matinée. Elle se rendait à l'aéroport, pour s'envoler vers l'anniversaire de mariage de ses grands-parents.

Une heure plus tard, je recevais un bouquet de cinquante roses. Une carte était glissée entre les tiges.

« Joyeux anniversaire à la meilleure des mamans.
On t'aime.
Charline et Thomas. »

Mon amie Leïla m'a téléphoné en fin d'après-midi.

— Je pense à t'appeler depuis ce matin, mais ma fille m'a laissé les deux petits, j'ai même pas le temps d'aller aux toilettes. Ali, sors tes doigts du nez de ton frère !

La conversation n'a pas duré longtemps. Nous savons que nous nous voyons bientôt, pour nos retrouvailles annuelles, avec les deux autres.

Eux aussi ont pensé à moi.

Frédéric m'a envoyé un message pour me souhaiter la bienvenue dans le club des quinquagénaires. Sophie, son mari et ses quatre enfants m'ont chanté « Joyeux anniversaire » dans toutes les langues, en vidéo.

Mon opérateur de téléphonie et une boutique en ligne que je ne connais pas m'ont offert un code promotionnel.

Nora m'a fait cinquante bises.

Mon fils m'a téléphoné peu avant minuit, alors que je n'y croyais plus. Il avait failli oublier, grosse journée, bien arrivé chez papa, bisous à plus.

Quatre appels, cinq messages et cinquante bises. C'est l'unique différence entre le jour de mes cinquante ans et tous les autres jours de ma vie.

46

Lili

Il m'est arrivé une drôle de chose. J'étais en voiture, en route vers toi, la radio diffusait un vieux tube de U2, les nuages formaient des moutons, il faisait doux, je roulais la vitre ouverte. Je me suis arrêtée à un feu rouge, j'ai pensé à toi, j'ai senti ton odeur, ta peau duveteuse, ton petit corps chaud blotti contre moi, et j'ai été engloutie par une déferlante de bonheur. Pendant quelques secondes, il n'y avait rien d'autre, ni angoisse, ni fatigue, ni douleur, uniquement ce bien-être intense et profond à ta simple évocation. C'était fugace, mais prometteur. Le pire était consommé, on allait pouvoir entamer le meilleur.

Mon cœur se débattait dans ma poitrine tandis que je remontais le long couloir. Comme chaque matin, je saluais distraitement ceux que je croisais. Certains ont besoin d'un café avant de pouvoir commencer leur journée. Moi, j'ai besoin de te voir.

Tu avais passé une bonne nuit. Estelle s'apprêtait à te nourrir à l'aide de ta sonde gastrique. Je n'avais pas tiré mon lait, on en a profité. Tu t'es accrochée à mon sein pendant près de trois minutes, tu as même dégluti à deux reprises. C'était magique. J'entends encore le petit bruit de ta bouche contre ma peau. Comme il est doux de devenir mère.

Ton grand-père (mon père) est arrivé peu après. Il chuchote toujours quand il vient te voir. La dernière fois, je l'ai raccompagné jusqu'à sa voiture, il n'a recommencé à parler à voix haute qu'une fois la portière fermée.

— J'ai un cadeau, il a dit en me tendant un tube en carton.

— Pour elle ou pour moi ?

— Pour vous deux.

J'ai ouvert le tube, il contenait un poster. C'était un agrandissement d'un de mes clichés préférés : la vue depuis la fenêtre de l'appartement de Biarritz.

— Tu m'as expliqué que tu ne supportais plus cette vue grise, alors…

Il a sorti un rouleau de scotch de sa poche et a collé le poster sur la vitre. C'était magnifique. La photo, bien sûr, mais surtout d'avoir un père qui me glissait son amour dans de petites attentions.

— Valentin vous embrasse, il a lâché pour changer de sujet.

— Qui ?

— Valentin, ton frère !

— Je sais qui est Valentin, papa ! Mais je pensais qu'il avait oublié l'existence de sa sœur.

Il s'est assis en soupirant :

— Il n'est pas à l'aise avec ça, tu le sais. Il ne faut pas lui en vouloir. Il m'appelle souvent pour prendre des nouvelles de la petite.

Je n'ai pas répondu, je connais l'attachement de ton papy à l'unité familiale. Quand on se disputait, enfants, il se transformait en conciliateur, il ne supportait pas qu'on reste fâchés. Sa propre famille a éclaté lors de la succession de leur mère, c'est l'une de ses plus profondes blessures.

Néanmoins, je n'en pensais pas moins. Depuis ta naissance, je n'ai eu ni visite ni appel de mon petit frère. Je n'en suis pas étonnée, plutôt attristée. Je connais la phobie des couloirs blancs de ton oncle, mais j'aurais apprécié un effort. On dit qu'il est impossible de prendre la douleur des autres. C'est vrai. Ce serait formidable, si on pouvait la confier momentanément à quelqu'un, le temps de reprendre son souffle, ou la partager pour en distribuer des petits bouts autour de soi. Néanmoins, chaque soutien, chaque présence est une béquille sur laquelle on peut prendre appui, quand on vacille. Mon frère et moi l'avons expérimenté. Pendant notre période la plus sombre, le chagrin soufflait tellement fort sur nous qu'il nous était impossible de nous relever. C'est seulement quand on s'est agrippés l'un à l'autre qu'on a pu affronter les bourrasques. Quand je chutais, il me redressait, quand il s'effondrait, je le portais. Il me manque, dans ta tempête.

Il n'est pas le seul à avoir brillé par son absence. Plusieurs amis sont portés disparus depuis ta naissance. C'est décevant, mais ce que je retiendrai, ce sont toutes ces personnes qui se sont révélées. Madame Martineau, la voisine de ton papy, qui ne cesse de tricoter des vêtements pour toi. Le docteur Malois, qui m'a suivie pendant toute la grossesse et t'a donné la vie, qui passe régulièrement prendre des nouvelles, après son service. Le boulanger du bourg, qui me transmet des chouquettes par l'intermédiaire de ton papa. Fanny, une copine du collège, devenue sage-femme ici, qui vient me tenir compagnie dès qu'elle le peut. Mes collègues de bureau, qui se sont cotisés pour t'offrir une jolie tenue, à laquelle ils ont joint des mots de réconfort. On ne connaît pas vraiment ceux qui nous entourent. Certains font beaucoup de bruit pour camoufler leur absence. Mais d'autres, inattendus, nous envoient une bouée quand on sombre.

47

Élise

Je n'ai pas envie de quitter ma couette. Je n'avais pas fait de sieste depuis au moins vingt ans. Édouard ronfle au pied du lit. Nous sommes samedi, il est seize heures, et aucune raison ne me motive à me lever. Si j'avais une amie comme moi, je la secouerais. Je ne suis pas mon amie.

Le téléphone vibre pour la troisième fois. Je l'attrape mollement, c'est Nora. Elle ne m'appelle jamais le week-end.

— Élise, je suis désolée, j'ai fait une grosse connerie, j'ai besoin d'aide.

— Est-ce que ça implique de transporter un cadavre ? je demande, à titre informatif.

— Pas exactement. Tu veux bien venir, s'il te plaît ? Le plus vite possible.

Elle me communique son adresse, dans le quartier Saint-Michel, à vingt minutes d'ici.

Je ne me douche pas, je ne me brosse pas les dents. J'enfile un bas de jogging, un tee-shirt froissé, des bottines et un blouson. Si quelqu'un me croise, il va en perdre la vue.

Sur la route, pendant qu'Édouard ronfle, j'ai le temps de tout imaginer. Nora se dévoile peu, je ne sais d'elle que ce qu'elle consent à livrer, c'est-à-dire pas grand-chose. Elle vit seule depuis qu'elle a quitté l'appartement familial, l'année dernière. Je ne lui ai connu qu'un petit ami, mais leur relation n'a pas duré. Qu'est-ce qui pourrait la pousser à me solliciter, plutôt que ses parents ou une personne plus proche ? Je m'attends à tout, et je ne suis pas sereine en me garant en bas de son immeuble.

Elle est sur le trottoir, un sac de sport à la main. Elle s'engouffre dans ma voiture et m'embrasse.

— Ça va ? me demande-t-elle en souriant.

— Nora, qu'est-ce qu'il y a dans ton sac ?

Elle rit et le balance sur le siège arrière.

— Quelques affaires. Je peux venir chez toi ?

Je ne démarre pas. Je veux savoir.

— C'est quoi, ta grosse connerie ?

— J'ai inondé mon appart. Je peux pas rester chez moi. Je peux venir, juste une nuit ?

Son histoire ne tient pas debout, pourtant je n'insiste pas. Je mets le contact et reprends la route, en sens inverse.

J'ignore ce qui déraille, dans mon cerveau. Quand je cherche le beurre pendant cinq minutes, en pestant, alors qu'il est sous mes yeux. Quand je sors sans parapluie alors que le ciel est noir. Quand je tombe des nues en surprenant mon fils avec une cigarette alors que j'avais trouvé un paquet sur son bureau.

Quand je fonds en larmes en découvrant mes proches réunis pour mon anniversaire alors que la ruse utilisée était invraisemblable.

Ils sont tous là. Dans mon salon.

Charline et Harry. Thomas. Muriel. Mariam. Leïla et son mari Mohamed. Frédéric et sa femme Alice. Sophie, Alexis et leurs enfants. Je souris bêtement, dans mes habits d'épouvantail.

Nora applaudit :

— Je garde le secret depuis des mois, j'en pouvais plus !

J'apprendrai que, pendant son séjour ici début juillet, Charline a fouillé mon téléphone pour compiler les numéros de mes amis. Elle a tout organisé, jusqu'à l'appel de leur père, pour dissiper mes doutes.

Je les enlace, un par un. Longuement. Je me recharge à leur contact, comme une batterie vide.

Édouard ne quitte pas les bras de son maître.

Ils ont apporté les boissons et les petits fours. Nous avons de quoi tenir des jours.

Alors, nous faisons défiler les heures. Tantôt tous ensemble, assis autour de la table basse, à écouter l'anecdote de l'un, à rire de l'histoire d'un autre. Tantôt par petits groupes, qui se meuvent, se mêlent, se font et se défont dans un ballet joyeux.

Mon appartement, si vide hier, vibre de gens que j'aime.

Mon cœur, si vide hier, vibre de gens que j'aime.

Je souffle les bougies. Ils auraient pu m'épargner, opter pour un cinq et un zéro en cire, mais non.

Cinquante flammes vacillent, je dois m'y prendre à trois fois, et les bravos éclatent.

On me tend une grande enveloppe. À l'intérieur, une carte sur laquelle chacun m'a rédigé un mot. Dès les premières lignes, tout devient flou. Je n'imaginais pas compter autant pour eux. La pudeur s'efface à l'écrit. Je referme la carte et j'essuie mes joues.

— Il y a autre chose dedans, m'apprend Thomas.

Une autre enveloppe, plus petite. Un aller-retour pour Venise, dans deux semaines. Pour une personne.

Mariam m'adresse un clin d'œil.

— L'hôtel est réservé, précise Charline.

J'ai longtemps rêvé de Venise. C'était un projet, lorsque j'étais mariée. C'est devenu un regret, quand il est parti. Je suis tétanisée à l'idée de voyager seule, quelle que soit la destination, mais plus encore à Venise. Je soupçonne mes enfants de ne pas l'avoir choisie au hasard. Ils me sourient, ils croient en moi. Les rôles sont inversés. Quand ils doutaient, petits, quand ils ne se sentaient pas de taille, je les encourageais, je les rassurais. Oui, ils risquaient d'échouer. Ce n'était pas grave. Ce qui l'était, c'était d'avoir des regrets. Ils ne devaient pas laisser la peur décider pour eux. Ils seraient doués dans certains domaines, moins dans d'autres, mais rien ne leur était inaccessible. Peu m'importait qu'ils héritent de mes genoux cagneux, de mon sens de l'organisation défaillant ou de mes troubles du sommeil, pourvu que je ne leur lègue pas le manque de confiance que je camouflais tant bien que mal depuis toujours. C'était trop douloureux. Je préférais boursoufler leur ego que les laisser croire qu'ils n'étaient pas capables d'accomplir ce qu'ils souhaitaient.

Il est là, mon plus beau cadeau. Face à moi, souriant. Mes enfants, qui ont suffisamment de confiance en eux pour m'en prêter un peu.

48

Lili

À quinze heures, le papa de Milo n'était pas arrivé. Je n'ai jamais vu quelqu'un d'aussi ponctuel, je regarde ma montre à chaque fois que je l'entends ouvrir la porte du box voisin, il est invariablement treize heures. Il nous a expliqué que son organisation millimétrée était sa manière de se prouver qu'il maîtrisait encore quelque chose, quand tout s'effondrait autour de lui. Le matin, il emmène son aînée à l'école, avant de rejoindre sa femme, toujours hospitalisée. Il la quitte au moment du déjeuner, pour rester avec Milo jusqu'à dix-sept heures, puis il rentre chez lui remplacer sa mère auprès de sa fille.

Je m'inquiétais de ne pas le voir arriver. Hier, il a vécu une étape éprouvante : sa fille est venue rencontrer Milo. La psychologue l'avait aidé à préparer ce moment important. Il avait prévu d'amortir le choc, de prévenir sa fille que son petit frère ne serait pas exactement comme elle l'imaginait, que des branchements et un caisson de plastique l'empêcheraient de le prendre dans ses bras.

— Les enfants ne voient pas la même chose que nous, lui a dit Eva. Si vous lui expliquez en amont, votre fille risque d'être en alerte et d'exagérer la situation. Je vous conseille de la laisser venir naturellement, elle vous posera des questions si elle en ressent le besoin.

C'est ce qui s'est passé, d'après la scène qu'il nous a racontée. La petite Maëlle, cinq ans, est entrée dans le box à pas de velours, suivie d'un papa au bord des larmes. Elle s'est approchée de son petit frère, l'a longuement contemplé, elle affichait un large sourire à trous. Elle a fini par se tourner vers son père et lui demander, dans l'ordre, pourquoi il était dans une boîte, si elle pouvait le toucher, s'il viendrait bientôt jouer avec elle à la maison, pourquoi il avait des tuyaux, s'ils pouvaient partir parce qu'elle en avait un petit peu marre.

Il nous avait fait part de son soulagement, après deux nuits à redouter ce moment au lieu de dormir.

J'espérais que ce n'était pas la cause de son absence. Que sa fille n'avait pas, après coup, mal accueilli la situation. Que l'état de santé de sa femme n'avait pas empiré.

Il était près de seize heures quand il est arrivé. J'étais en train de ranger tes vêtements propres, des sanglots me sont parvenus depuis le box voisin. Des

sanglots féminins. J'ai eu peur, je m'y suis précipitée, et j'ai assisté à la scène la plus émouvante qu'il
m'ait été donné de voir : sous le regard humide d'un
papa, une maman rencontrait son enfant pour la première fois.

49

Élise

C'est un coup de pied dans le tibia qui met un terme à ma nuit. Muriel dort à mes côtés, la bouche grande ouverte. Je me lève et sors doucement de la chambre. Il n'y a aucun bruit, mais ce n'est pas le même silence. J'aime celui-là, celui des petits matins, quand mes enfants dorment encore, à quelques mètres de moi, en sécurité, à l'abri du monde, alors se diffusent dans mes veines, dans mes membres, dans mon ventre, une joie intense et une profonde sérénité.

— T'as ronflé !

Muriel et son amabilité viennent de me rejoindre dans la cuisine. Comme quand nous étions adolescentes, aux lendemains de nos premières boums, nous partageons notre petit-déjeuner et nos souvenirs de la veille.

C'était une soirée fabuleuse. Si, plus jeune, j'avais dû imaginer mon cinquantième anniversaire idéal, il aurait sans doute eu lieu dans une grande salle, peuplée de dizaines d'invités, un DJ nous aurait fait danser, un traiteur aurait fait danser nos papilles, et l'euphorie n'aurait pas pris de pause jusqu'au petit matin.

Nous n'étions pas des dizaines, nous n'avons pas dansé, nous avons mangé des petits fours encore partiellement congelés, et c'était encore mieux. L'extraordinaire se cachait dans l'ordinaire.

Charline et Harry se lèvent vers dix heures. Il faut attendre midi pour entrevoir Thomas, réveillé par Édouard, qui lui a signifié à grands coups de langue qu'il avait besoin de sortir.

Nous ne quittons pas l'appartement de la journée. Harry nous prépare une omelette, Muriel nous raconte sa vie aux États-Unis, on se moque de la voir chercher ses mots en français, Thomas ne lâche pas son chien, Charline se colle dans mes bras à la moindre occasion, et moi je prends des photos, avec mon téléphone, avec mes yeux, pour ne jamais oublier ces instants de bonheur simple.

À dix-huit heures, tout le monde est parti. Muriel est allée passer une semaine dans sa famille, avant de retrouver le soleil de Los Angeles. Thomas est monté dans un train pour Paris. Charline a posé deux jours de congé pour aller voir son père, sa belle-mère et ses deux demi-frères, tandis que Harry s'est envolé vers Londres. À plusieurs reprises, pendant qu'ils étaient là, j'ai redouté leur départ, et le retour de ma solitude. Pourtant, je ne peux arrêter de sourire. La joie de les avoir vus a vaincu la nostalgie par K-O.

Ce n'est pas le cas d'Édouard. Il me suit partout, sans distance de sécurité, l'œil larmoyant, l'oreille en berne. Il a dû croire que son maître était définitivement revenu. Quand Thomas a refermé la porte, il est resté longtemps assis derrière, à l'attendre. Je m'accroupis et le caresse :

— Ne t'inquiète pas, Édouard, bientôt tu auras des petits maîtres adorables.

Il se colle contre moi et pose sa tête contre ma cuisse. Ma gorge se noue. Dans une heure, sa nouvelle famille doit venir le chercher. Depuis jeudi, je tente de me convaincre que c'est la meilleure chose pour lui. Parce que, pour moi, j'ai arrêté de lutter. Je ne sais comment, mais ce chien a réussi à se faire une place dans mon cœur. J'avais tout verrouillé, pourtant. En six ans de cohabitation, il m'était devenu sympathique, cependant, n'ayant jamais eu à m'en occuper, je n'avais pas développé de vrai lien. J'en étais certaine : ce n'était pas avec ses offrandes odorantes et son énergie de lamantin qu'il allait transpercer ma cage thoracique. Pourtant, je ne peux le nier, j'aime l'entendre ronfler quand je me lève, j'aime l'avoir comme passager dans la voiture, j'aime le sentir contre mes pieds au bureau.

Mais c'est à lui que je dois penser. Il n'est pas heureux, même s'il va mieux depuis que je l'emmène partout et que je le laisse dormir dans ma chambre. Cela ne peut durer. Madame Madinier ne le tolérera pas longtemps. Si elle ne peut l'interdire, elle ne se prive pas de lancer des réflexions à la moindre occasion.

Vendredi, elle a renversé la gamelle d'eau d'Édouard, soi-disant malencontreusement.

Ce sera mieux pour lui.

Il mérite une belle fin de vie.

Je me relève, il est temps de préparer ses affaires. Je réunis sa laisse, son carnet de santé, sa panière, ses croquettes, ses gamelles. Je retrouve le premier harnais qu'on lui avait acheté, il me paraît minuscule. Il était tellement maigre, quand on l'a rencontré. Il s'est bien rattrapé, depuis. La balle que Thomas lui lançait sans arrêt. Il s'élançait à sa poursuite, ventre à terre, faisant valser le guéridon de l'entrée une fois sur deux. Qu'est-ce que j'ai pu râler contre ce chien ! Au fond d'un sac, avec ses anciens colliers et son flacon de shampoing, je reconnais une médaille argentée. Celle qu'il portait quand on l'a adopté, gravée au sigle de la SPA. Il a eu besoin de temps, pour s'habituer à nous. Les premiers jours, il restait assis dans le coin de l'entrée, près de la porte, sur le qui-vive. Il se ratatinait dès qu'on l'approchait. Il aura fallu toute la douceur de Thomas, et de nombreux biscuits, pour l'apprivoiser.

Un gémissement interrompt mes pensées. Je me retourne, Édouard me fixe, tremblant. Il a compris.

Tout à coup, je prends conscience de la situation. L'autre famille sera sans doute plus présente, plus disponible, peut-être plus câline. Mais ce ne sera pas sa famille. En leur confiant Édouard, je l'arrache une nouvelle fois à son foyer. Je coupe les racines qu'il a lentement laissées pousser. Sera-t-il vraiment plus heureux ailleurs, loin de ses repères ?

Je ne prends pas le temps de la réflexion. Je m'empare de mon téléphone, retrouve le papier sur lequel j'ai noté le numéro, et lance l'appel.

50

Lili

On avait passé une bonne journée. Ton papa avait posé son après-midi pour rester avec nous, ta fréquence respiratoire et ton rythme cardiaque étaient stables, tu déglutissais mieux, ta marraine et ton grand-père étaient venus te rendre visite.

On t'avait quittée un peu plus tôt que d'habitude. Ton père m'avait invitée dans notre restaurant favori. J'avais failli refuser, j'avais encore des difficultés pour marcher et je n'étais pas vraiment d'humeur à voir du monde, mais j'avais compris que c'était important pour lui.

On avait parlé de toi, beaucoup, de notre mariage, un peu. Les *linguine con pesto e vongole* m'avaient provoqué des petits grognements de plaisir.

Sur le chemin du retour, ma main n'avait pas lâché celle de ton papa, même quand il passait une vitesse.

Et puis.

La maison était silencieuse quand on est rentrés. Milou nous a accueillis en se frottant contre nos jambes. La porte du salon, investi par tes grands-parents, était close. Ils devaient dormir. On a rejoint notre chambre sur la pointe des pieds, comme des ados qui s'apprêtaient à faire le mur. On allait l'atteindre lorsque la voix de ton grand-père nous est parvenue :

— Vous auriez pu prévenir, quand même.

Ton père a fait demi-tour, j'ai préféré terminer la journée sur une note positive et j'ai continué mon chemin. Malheureusement, leurs mots se faufilaient jusqu'à mes oreilles.

Ton grand-père : Ta mère avait préparé le repas pour quatre.

Ton père : Ah oui, j'ai complètement oublié de vous appeler ! C'était pas prévu, désolé.

Ton grand-père : On n'est pas des meubles, tu sais. On a le droit d'être tenus au courant de ce qui se passe sous ce toit.

Ton père : J'ai compris, papa. Je ferai gaffe la prochaine fois.

Ton grand-père : La petite va bien ? Vous rentrez tard, on s'est inquiétés.

Ton père : Tout va bien, on s'est juste fait un resto. Le pire est derrière.

Ton grand-père : Tant mieux, mon grand, vous allez pouvoir arrêter de la surprotéger. Les enfants prennent vite de mauvaises habitudes.

Ton père : Ne t'inquiète pas, papa, elle est toute petite.

Ton grand-père : Je sais, mais ça va vite. Il faut faire attention, sinon elle sera capricieuse. Je te dis ça pour ton bien, tu sais. La petite est toujours dans les bras de sa mère, on lui fourre la sucette dans la bouche à chaque fois qu'elle pleure, et ta mère m'a appris que vous allez mettre son lit dans votre chambre. Ce n'est pas raisonnable. Tu es le père, tu dois t'imposer.

J'étais pétrifiée, attendant la réponse de ton papa. Je savais qu'il ne pourrait accepter ce sermon moyenâgeux teinté de sexisme, j'espérais qu'il parviendrait à garder son calme. Dans la famille de ton père, le verbe était haut et le sang chaud, les disputes explosaient et s'éteignaient brutalement, sans laisser aucune trace. Ils se lançaient des horreurs au visage et, l'instant d'après, commentaient le goût de la tarte aux pommes. Je n'avais pas l'énergie pour ça, ce soir. Je voulais me coucher dans les bras de ton papa et m'endormir enveloppée dans l'impatience de te retrouver.

Ton père : On en a déjà parlé, papa.

Ton grand-père : Je n'étais pas sûr que tu t'en souviennes.

Ton père : Je m'en souviens. J'en discuterai avec Lili, mais tu la connais...

Je n'ai pas écouté la suite. J'avais peur de ce que je pourrais apprendre.

Lorsque ton père m'a rejointe, je lui ai dit que j'avais entendu. Il était bien embêté que j'aie été témoin de sa lâcheté. Ce n'était pas la première fois qu'il agissait ainsi. Quand il voulait s'épargner une querelle, il se transformait en l'un de ces petits chiens que l'on pose sur la plage arrière des voitures. Il acquiesçait, opinait, approuvait, tout en pensant le contraire. C'était le cas ce soir, m'a-t-il assuré. Il était de mon côté, mais, connaissant l'entêtement de ses parents, argumenter était une perte de temps. Il était plus aisé de leur faire croire qu'il était d'accord avec eux, et tant pis si, pour ce faire, il devait me trahir.

Je ne me suis même pas brossé les dents. Je me suis glissée dans le lit sans un mot, j'ai fermé les yeux et j'ai compté les moutons, plutôt que mes battements cardiaques. Ils avaient alternativement le visage de tes grands-parents et de ton père, et ils sautaient dans les bras d'un boucher.

Thomas

Bonjour mon chéri, c'est maman. Édouard reste avec moi. Bises. Maman

Vraiment ?
Tu le gardes ???
Je suis tellement heureux !
Tu déchires, Mam !
Je t'aime <3

Oui !
Oui !!!
Tant mieux.
Je sais.
Je vais l'encadrer.
Bises. Maman

51

Élise

Madame Madinier a sa tête des mauvais jours. Cette femme est un générateur de smileys. Elle dispose d'une expression différente pour chaque émotion, c'est assez impressionnant, et très pratique. Il suffit de l'observer afin de connaître le bon moment pour lui demander une augmentation.

Ce matin, elle arbore les sourcils en accent circonflexe, une tranchée entre les deux, et le sourire à l'envers. Je me fais discrète, je crains d'être la cause de son humeur. Il ne lui faut pas longtemps pour m'en donner la certitude.

— Madame Duchêne, pourquoi votre chien est encore là ? Vous deviez vous en débarrasser ce week-end, il me semble.

Je jette un œil sous le bureau, Édouard est tranquillement allongé à mes pieds. Il ne gêne personne.

Hier soir, j'ai eu une idée. Je me suis souvenue que la nièce de madame Di Francesco m'avait laissé son numéro de téléphone, au cas où. Je la dérangeais visiblement, mais je n'avais besoin que d'une

information : où était Apple, le caniche de sa tante ?
La réponse ne m'a pas étonnée : à la SPA. Elle n'avait
pu le recueillir – elle avait la phobie des chiens – et
sa sœur n'en voulait pas. J'ai appelé le refuge, ils
s'apprêtaient à fermer, le dimanche est leur journée
la plus active, mais ils ont pu me renseigner : Apple
était toujours parmi eux. Cage B7. Il ne me restait
plus qu'à convaincre l'adoptant et ses enfants. Je
m'attendais à ce que ce soit la partie la plus ardue,
ce fut le contraire. J'ai été honnête, l'homme a compris mes raisons. Peu après, il m'a envoyé un message pour me dire que ses enfants avaient craqué sur
la photo d'Apple, sur le site Internet de la SPA. Ils
avaient hâte d'aller le chercher, le lendemain.

J'ouvre la bouche pour répondre à madame
Madinier, elle ne m'en laisse pas le temps :

— Pendant des années, on a dû subir vos enfants,
maintenant c'est le chien ?

— Mes enfants ?

— Vous ne vous souvenez pas de les avoir emme-
nés au bureau ? Moi, je n'ai pas oublié.

— C'est arrivé deux ou trois fois à peine, quand il
y avait grève à l'école !

— C'était bien assez. Vous avez beau jeu de
vous plaindre, de réclamer les mêmes salaires que
les hommes, commencez déjà par vous comporter
comme eux, après vous pourrez pleurnicher.

Elle n'attend pas ma réponse et tourne les talons.
Olivier me dévisage, son sempiternel sourire en
coin. Nora adresse une grimace au dos de madame

Madinier. Cela ne suffit pas à me soulager. Je me lève et la suis jusqu'à son bureau. Elle s'assied, dos à moi.

— Excusez-moi ?

— Oui ? fait-elle sans se retourner.

— Mon chien viendra tous les jours avec moi.

Elle fait volte-face et enfile son visage énervé : joues rouges, lèvres pincées, yeux exorbités.

— Pardon ?

— J'en ai le droit, et il n'ennuie personne. Vous n'avez aucune raison de m'en empêcher.

Je vois presque la fumée sortir de ses narines.

— Vous croyez pouvoir nous imposer cette chose ?

— Tout à fait. J'ai tenu à vous prévenir par courtoisie, mais vos commentaires n'y changeront rien.

Je retourne à mon bureau avant qu'elle ne prenne feu, sous le sourire admiratif de Nora. Je m'assois et me plonge dans la lecture d'un rapport en attendant que mes mains cessent de trembler. Dans le reflet de l'écran de mon ordinateur, j'aperçois la silhouette figée de madame Madinier. Elle n'émet plus aucun son. Comme pour me remercier, Édouard pose sa tête sur mes pieds.

52

Lili

Lors de notre dernière séance, la psychologue m'avait proposé de participer à un groupe de parole avec d'autres mères accidentées. Elle l'animait une fois par mois, toujours sur le même thème : la culpabilité.

On était une dizaine, assises en cercle dans son bureau, parmi lesquelles mes compagnes de la salle des familles. La psychologue était assistée d'une élève sage-femme au visage poupin.

— Nous allons commencer par un exercice, a annoncé Eva. Le papier que je vous ai distribué est magique : il vous permet de vous adresser à vous-même. Je vous laisse identifier les choses que vous vous reprochez, puis vous l'écrivez, en employant le « tu ». Ce sera anonyme.

Au terme de longues minutes, la psychologue a relevé nos copies et s'est isolée pour les lire. La maman des triplés me lançait des sourires gênés. Le silence enveloppait le groupe.

Quand Eva est revenue, elle s'est assise face à la sage-femme et elle l'a mitraillée :

« Tu n'as pas su protéger ton bébé.

Tu aurais dû arrêter le sport.

T'as fumé pendant ta grossesse, c'est bien fait.

T'avais qu'à résister à ce fromage, neuf mois, c'est pas compliqué.

Ton corps est un cercueil.

Il fallait manger plus de légumes, tu le savais, t'as pensé qu'à ton petit plaisir.

Les autres y arrivent, tu n'en es pas capable.

Le bébé a dû sentir ton stress.

S'il meurt, ce sera de ta faute.

Tu es une mauvaise mère. »

La scène était insupportable. La sage-femme était assommée par les accusations, c'était d'une violence sans nom. Quand la psychologue a cessé son acharnement, on était toutes sonnées. Elle, elle souriait. À voir nos mines, elle savait qu'elle avait gagné.

Elle nous a demandé ce qu'on ressentait. On était presque unanimes : de la peine pour la sage-femme et un profond sentiment d'injustice face à la brutalité de ces reproches. On avait eu envie de prendre sa défense, de réfuter chaque attaque, de la consoler, de lui dire qu'elle n'y était pour rien, qu'elle avait fait de son mieux.

— Pourtant, ce sont vos attaques, a repris Eva. Vos mots. Votre brutalité. Je n'ai fait que les lire. Mais, vu que vous en êtes également les victimes, cela ne vous choque pas. Jamais vous ne pourriez être aussi violentes envers quelqu'un d'autre que vous ne l'êtes envers vous-mêmes. Vous parvenez à trouver des excuses aux autres, vous êtes impitoyables avec vous. La culpabilité est de la maltraitance envers soi-même. On a tous tendance à être la personne la plus sévère pour soi, alors qu'on devrait être la plus bien-veillante. Pardonnez-vous, mesdames. Écoutez-vous. Ce qui arrive n'est pas de votre faute. Ce. N'est. Pas. De. Votre. Faute.

Elle a répété plusieurs fois la dernière phrase, en détachant bien chaque mot. J'essayais d'absorber la leçon, mais je m'en voulais tellement.

Je n'ai pas voulu arrêter de travailler. Ma grossesse se passait à merveille, hormis ma grande amitié avec la cuvette des toilettes au premier trimestre, mon ventre s'arrondissait sans que ma vie s'en trouve changée. Ton papa s'inquiétait, sa mère lui avait dit que le repos était indispensable au bon développement du bébé. Il a demandé au médecin de me prescrire un arrêt de travail, j'ai refusé. J'étais assise derrière un bureau, je n'avais pas d'effort particulier à fournir, il n'y avait aucune raison que je n'attende pas le début de mon congé maternité.

J'ai continué à vivre normalement. Je faisais les courses, je portais les sacs lourds, je passais l'aspira-teur, j'arrosais les fleurs. Je n'avais pas conscience de ta fragilité, mon amour. On a beau me dire que ça n'aurait rien changé, que, même si j'étais restée allon-gée, l'hématome rétroplacentaire aurait pu se former, je m'en veux terriblement.

Eva nous a demandé si on avait des questions. La maman de Clément a levé la main :

— Moi, j'en ai une. J'aimerais que vous m'expliquiez quelque chose, j'ai besoin de vos conseils. Je dors ici toutes les nuits, dans la salle des familles. Le canapé est dur, mais c'est toujours plus confortable que ma culpabilité. Si je m'éloigne de mon fils, je ne parviens plus à respirer tellement elle m'étrangle. Je sais pertinemment que je n'arriverai jamais à me pardonner. J'étais au volant, c'était un mercre…

La psychologue l'a interrompue avec douceur :

— Vous n'êtes pas obligée d'en parler devant tout le monde, je sais combien c'est difficile pour vous.

La maman de Clément n'a pas semblé l'entendre. Elle a poursuivi, d'une traite, les yeux rivés à ses mains :

— Il pleuvait des cordes, je revenais d'un rendez-vous chez le docteur, il y avait du monde sur la route. J'étais exténuée. J'étais enceinte de six mois et je n'avais qu'une hâte : que ça se termine. Je ne supportais plus mon corps, toutes ces douleurs, ces nausées, je ne supportais pas de sentir bouger dans mon ventre, mais, surtout, je ne supportais plus cette fatigue intense. Je ne me reconnaissais plus, je me traînais, je n'avais goût à rien, je passais mon temps à dormir. J'étais devenue une loque, et ça me mettait en colère. J'en voulais à ce bébé qui pompait toute mon énergie. J'ai fermé les yeux une seconde. Quand je les ai rouverts, j'étais à l'hôpital, le ventre vide, mon fils entre la vie et la mort. Même son père ne m'adresse plus la parole. Alors, dites-moi : comment on fait, pour se débarrasser de la culpabilité, quand on est *vraiment* coupable ?

53

Élise

Noah dort, sa petite pieuvre dans la main. Je m'installe sur le fauteuil et Florence positionne le bébé contre moi. Il sent bon. Il sent les souvenirs. Je me suis surprise à penser à lui, cette semaine. C'est étrange, de donner de l'affection à une personne que l'on ne connaît pas. Je ne saurai sans doute de lui que son prénom, sa manière de s'agripper à tout ce qu'il trouve, ses lèvres rouge sang. Un jour, j'arriverai, il ne sera plus là, et ce sera une bonne nouvelle.

Pendant quatre heures, je lui raconte ma semaine, la surprise de mon anniversaire, la presque adoption d'Édouard, certainement en train d'aboyer à l'instant où je l'évoque, mon affront à madame Madinier, la disparition de mes adducteurs, je lui décris l'extérieur, ce qui l'attend, je lui chantonne des berceuses, je lui raconte des histoires de lapins qui parlent et de girafes qui dansent. Les automatismes ressurgissent, comme si c'était hier.

Florence vient le nourrir, j'en profite pour me rendre dans la salle des familles afin de remplir ma gourde. Je traverse les deux autres zones, la rose et la bleue, en veillant à regarder droit devant moi pour ne pas déranger l'intimité des familles. Une voix familière me parvient depuis un box. Je tourne la tête, Jean-Louis est assis, un bébé contre son torse. Il sourit en me voyant. J'approche de la porte :

— Salut ! je chuchote.

— Salut.

— C'est Lou ?

Il approuve en silence.

— Tu as l'air fatiguée, ajoute-t-il. Tout va bien pour toi ?

Décontenancée, je me mets à rire :

— Tu dis ça à cause de mes cernes ?

— Oui.

Mon rire redouble.

— Je fais si peur que ça ?

— Je n'irais pas jusque-là, mais j'espère ne pas te croiser la nuit.

Je ne suis pas loin de m'offusquer quand je perçois la lueur d'amusement dans son regard.

— Je plaisante, sur ce dernier point. Même en pleine nuit, je serais heureux de te croiser.

Je le remercie de sa magnanimité et prends congé. Jean-Louis est surprenant, je n'ai jamais rencontré une personne comme lui. À l'instar des enfants, il assène ses pensées sans amorti, mais sans malveillance. C'est déstabilisant, et étonnamment rafraîchissant.

Florence est en train de changer Noah lorsque je reviens.

— Il vous aime bien, me confie-t-elle. Vous l'apaisez. Son rythme cardiaque n'est jamais aussi bas que quand vous êtes là.

— D'autres personnes viennent le voir ?

— Une autre câlineuse, le jeudi soir.

— Et ses parents ?

— Le dimanche.

Je ne commente pas. J'essaie de ne pas porter de jugement. Je me réinstalle sur le fauteuil, la puéricultrice me confie Noah, qui retrouve instantanément sa place contre mon buste, comme s'il n'en était jamais parti. Alors que je plie le bras pour éloigner mon collier, ses petits doigts s'accrochent à mon pouce. Je referme les miens, et nous restons là, main dans la main, cœur contre cœur, à nous réconforter l'un l'autre.

Avant de quitter le service, je rejoins Florence à l'îlot central. La dernière fois, la puéricultrice a évoqué la possibilité pour les bénévoles d'intervenir deux fois par semaine. Je lui fais part de mon désir de venir également le samedi, elle m'informe qu'elle doit en parler à Hélène, mais que cela ne devrait pas poser de problème.

Je m'apprête à partir quand, dans mon dos, la voix de Jean-Louis retentit :

— Pouvez-vous lui demander la même chose pour moi ?

54

Lili

À la maison, j'ai rouvert la porte de ta chambre. J'ai levé les rideaux, le soleil s'est invité. Ton papa portait un survêtement troué, moi une salopette vestige de mon adolescence, on a allumé la radio et on s'est mis au travail.

Tu as vu assez de murs blancs pour toute une vie, il te faut de la couleur. Le poster de la plage de Biarritz nous a inspirés.

Peu à peu, ton papa au rouleau, moi aux pinceaux, les murs blancs sont devenus bleus et des poissons colorés ont fait leur apparition. Ils étaient tous identiques, c'était le seul modèle que j'étais capable de dessiner, mais je variais les couleurs. À un moment, dans un accès de confiance, j'ai entrepris de peindre un dauphin.

— Il s'est pris un chalutier dans la gueule ? a raillé ton papa.

— Il est différent, le pauvre. Je suis choquée que tu oses te moquer de lui.

Le dauphin est finalement devenu un rocher, on a préféré t'éviter une longue thérapie.

On a ensuite monté le berceau, qu'on a installé à côté de notre lit, pour les premiers mois. Tes doudous t'attendent avec impatience. Et nous, je te dis pas.

On avait encore de la peinture sur les doigts quand on est arrivés. Dans ton box, on a trouvé l'interne qui avait été odieuse avec la maman de Clément. Tu dormais. Quelque chose avait changé, mais il m'a fallu plusieurs secondes pour l'identifier. Le masque qui recouvrait ton visage depuis le premier jour avait disparu.

— Elle n'a plus besoin de la PPC ? je me suis exclamée.

L'interne a levé un œil sur nous, avant de répondre par la négative.

— C'est définitif ? s'est enquis ton papa.

Elle a soupiré :

— On tente, on verra bien.

Tu étais libre. Tu respirais. On avait tant attendu ce moment. On partageait enfin le même air, plus qu'une étape et on quitterait cette parenthèse pour commencer notre vie. Ton papa a saisi ma main et l'a serrée très fort. Il a failli me péter les phalanges. Tes poumons fonctionnaient seuls, les miens s'ouvraient pleinement. Les derniers fragments d'angoisse venaient de se désintégrer. Sans grande surprise, je me suis mise à pleurer.

Sans un regard, sans un mot, l'interne a quitté le box.

Ton papa a écrit « BRAVO CHAMPIONNE ! » sur le tableau blanc. À côté, il a dessiné une forme indéfinissable. Je lui ai demandé de quoi il s'agissait.

— Tu ne reconnais pas ton magnifique dauphin ?

Il était fier de lui.

On est restés avec toi jusqu'à ce que la fatigue nous chasse. Ta saturation et ta fréquence respiratoire sont demeurées excellentes. Le masque et toi, c'était de l'histoire ancienne.

C'était déchirant de te laisser. J'ai beau te savoir entre de bonnes mains, je ne peux m'empêcher de me demander si tu te sens seule, si tu as conscience que l'on n'est pas près de toi, ce qui se passe quand tu pleures. J'ai envie d'être avec toi jour et nuit, d'ouvrir les yeux sur ton visage, d'être réveillée par tes cris, d'arpenter la maison en te berçant, de sentir ton corps se détendre contre moi, d'avoir la poubelle pleine de couches sales, ton odeur dans la chambre, ton vomi sur l'épaule. Plus ta sortie approche, plus l'impatience me tenaille.

Il était une heure du matin quand on est rentrés. On a traversé la maison sur la pointe des pieds, tes grands-parents dormaient. On essayait d'étouffer nos rires. La légèreté était de retour.

J'ai fermé la porte de la chambre le plus silencieusement possible. Quand je me suis retournée, j'ai assisté à un spectacle auquel je n'étais pas prête. Ton père se dandinait sur une musique imaginaire tout en ôtant ses vêtements un à un. Il faut que tu saches qu'il a beaucoup de talents, mais la danse n'en fait pas partie. Ses jambes étaient fléchies, son bassin comme empaillé et ses bras avaient lâché l'affaire. On aurait dit une algue. Il a jeté sa veste dans ma direction, a fait tomber la lampe avec son tee-shirt, et il tentait tant bien que mal de s'extirper de son jean quand on a frappé. Je n'ai pas pu ouvrir, je riais trop.

Il a sautillé, pantalon sur les chevilles, jusqu'à la porte. Ta grand-mère se tenait de l'autre côté. Son regard était glacial, il a fait peur à mon rire.

— Vous vous fichez de nous ? elle a demandé à son fils.

— Non, pourquoi tu dis ça ?

— Quel jour est-on ?

Il a réfléchi, avant d'écarquiller les yeux :

— Oh merde ! Joyeux anniversaire maman !

— Trop tard, c'était hier. J'avais préparé des lasagnes, on a cessé de vous attendre à vingt-deux heures.

Je me suis assise sur le lit. Tes grands-parents réussissaient l'exploit de faire fondre ma peur du conflit. J'étais révoltée par l'infantilisation et la culpabilisation dont ils usaient. Elle a poursuivi :

— Ton père te l'a expliqué l'autre soir, pourtant. Vous pourriez au moins prévenir quand vous rentrez tard, c'est une question de respect.

— Le respect, c'est aussi ne pas considérer des adultes comme des bébés.

La phrase s'était échappée de ma bouche. J'en étais la première surprise. Ta grand-mère a lentement tourné la tête vers moi :

— Si tu le permets, Lili, je m'adresse à mon fils.

L'algue était tétanisée. Moi, lancée.

— Et moi, je m'adresse à vous, j'ai répondu sans hausser le ton. Je refuse que vous nous traitiez comme des gamins. Vous vous êtes imposés chez nous, alors vous devez respecter notre façon de vivre. Je ne tolérerai plus la moindre remarque. On rentre quand on le décide, on donne la sucette à notre fille, elle dormira dans notre chambre, je la porterai jusqu'à ses trente ans si elle le souhaite, on se passera de votre permission. Et si ça ne vous convient pas, vous partez.

Ton grand-père nous a rejoints. Il était écarlate. Ta grand-mère semblait retenir ses larmes :

— On ne vous demande pas grand-chose, tout de même. On a mis notre vie entre parenthèses pour vous, on se charge du ménage, des repas, des machines, du chat, tout ça pour vous permettre de vous occuper sereinement de notre petite-fille. Vous pourriez faire preuve d'un minimum de reconnaissance !

Elle a marqué une longue pause, avant de reprendre, plus calmement :

— On a compris le message. Puisque vous êtes des grandes personnes, on va vous laisser vous débrouiller. On partira demain. J'espère sincèrement que vous vous en sortirez.

Ton grand-père lui a tendu un mouchoir, ton papa a esquissé un léger sourire. J'étais épuisée, mais profondément soulagée. Pour une fois, je ne m'étais pas laissé faire. J'avais exprimé ce que j'avais sur le cœur, sans colère, et le résultat était au-delà de mes espérances. Tes grands-parents avaient pris conscience de leur omnipotence et, enfin, ils allaient nous considérer comme des adultes.

Ils ont entamé leur repli vers le salon, mais ta grand-mère n'était manifestement pas satisfaite de ce cessez-le-feu. Alors, elle a fait demi-tour, a inséré une cartouche dans le fusil d'assaut, elle m'a visée et elle a tiré en pleine tête :

— Je suis désolée que ta mère ait fait le choix de mourir, mais nous, on est bien vivants.

Thomas

22 h 01

Bonjour mon chéri, c'est maman. J'ai vu un reportage sur le cannabis, ça rend stérile. Bises. Maman

22 h 13

Et ???

22 h 14

Et le chou frisé est bon pour la vue. Bises. Maman

55

Élise

Le cours de danse africaine est devenu un rituel. J'en ai de plus en plus. Il y a encore un mois, j'étais terrifiée à l'idée de devoir apprendre à vivre seule, cela ne m'était jamais arrivé. J'avais couru derrière le temps pendant des années, et voilà qu'il s'offrait à moi, abondamment, et je ne savais qu'en faire. Au fil des jours, de nouvelles habitudes sont venues remplacer les anciennes.

Je ne prépare plus le petit-déjeuner pour Thomas en me levant, je prends le temps de savourer le mien, avant d'aller promener Édouard.

Je ne mange plus une tartine de pain au chocolat avec mon fils en rentrant du travail, je me démaquille, j'enfile une tenue confortable et je lis quelques pages.

Une fois par semaine, je danse.

Une fois par semaine, je berce des bébés.

Il m'arrive encore, souvent, de me sentir désœuvrée, mais j'apprécie ces nouveaux rendez-vous avec moi-même. Je me suis manqué.

Mon endurance s'améliore. Je parviens à émettre plus de deux mots consécutifs à la fin du morceau. Mes jambes, en revanche, refusent toujours de s'accorder. On dirait mon ex-mari et moi le jour de la signature du divorce.

Après le cours, Mariam nous attire chez elle avec la promesse d'un crumble exceptionnel. Nora hésite, je tergiverse, mais nous finissons par accepter de laisser une chance à ses talents de cuisinière.

Nous ne le regrettons pas. Le crumble est à la hauteur du risotto.

— C'est pratique, ça fait un gommage de la gorge, constate Nora.

— J'aimerais en dire autant, je réponds en essayant pour la troisième fois de plonger ma fourchette dans la masse solide, mais j'ai oublié mon marteau-piqueur chez moi.

Mariam s'esclaffe :

— Je savais que vous aimeriez.

— Pourquoi tu t'acharnes à cuisiner ? l'interroge Nora. Visiblement, ce n'est pas ton talent premier.

— Parce que ça me plaît.

— C'est une bonne raison, je concède. Mais où trouves-tu tes recettes ?

Elle recommence à rire :

— Je ne suis aucune recette, je crée, j'improvise ! Je suis une artiste.

Nora opine :

— OK, Picasso. Mais, la prochaine fois, tu peux juste nous faire des pâtes ?

En quelques minutes, pour satisfaire nos estomacs éprouvés par le sport, nous garnissons la table de légumes, fromages et autres mets à grignoter. Le crumble, quant à lui, finit dans la poubelle, avec le plat qui n'a pas voulu s'en désolidariser.

Il est tard quand je rentre, le sourire à l'âme. J'espère que ces soirées aussi vont devenir une habitude. Ces deux femmes sont en train de gagner l'appellation d'amies. Mariam et sa gouaille qui abrite une profonde sensibilité, qui n'aime rien tant que la liberté, mais qui s'astreint à consacrer ses lundis aux femmes battues, ses jeudis soir aux bébés esseulés et ses dimanches aux personnes âgées. Nora et ses angoisses enduites d'humour, sa bienveillance qu'elle lance comme plein de boomerangs en espérant qu'ils ne se perdent pas au retour, et son besoin irrépressible de dévorer la vie, de bouffer le moment présent.

Je ne les aurais sans doute jamais côtoyées, sans le départ de mes enfants. Nos univers différents se sont heurtés par accident. Comme un faux numéro composé alors qu'on escomptait une voix familière. C'est quand on ne cherche pas qu'on trouve, disait toujours mon père. Je ne les cherchais pas, alors nous nous sommes trouvées.

56

Lili

Ma mère n'était pas de taille pour ce monde.

Chaque matin était une épreuve, chaque soir un soulagement.

Elle a grandi dans une famille qui n'en avait que le nom.

Sa mère ne voulait que deux enfants, son père ne comptait pas s'abstenir. Elle avait été conçue par accident, petite dernière d'une fratrie de sept. Elle existait par erreur. Elle l'a entendu toute son enfance.

Sur les rares photos d'elle petite, elle sourit. Elle a compris très tôt que les larmes ne servaient à rien. Personne ne viendrait la consoler.

Avec ses frères et sœurs, c'était à celui qui attirerait l'attention. Elle a tout tenté pour provoquer un sourire, un geste, un mot. Une colère, pourquoi pas.

Elle adorait ses parents.

Comment se construire quand ceux qui nous aiment le moins sont ceux que l'on aime le plus ?

Elle avait douze ans la première fois où elle a essayé de mourir. Ses parents lui ont rendu visite à l'hôpital. Elle avait trouvé.

Elle a recommencé.

Elle a recommencé.

Elle a recommencé.

Elle a recommencé.

Elle a recommencé.

La mort était une option plus douce que la vie, mais elle ne voulait pas d'elle. Même sa fin, elle la ratait.

Elle n'avait pas d'amis. Elle était la fille un peu bizarre, avec les marques sur les avant-bras.

Ses frères et sœurs se sont sauvés les uns après les autres.

À dix-sept ans, elle a abandonné la région et s'est installée près de Bordeaux.

Elle en avait dix-huit quand elle a rencontré ton grand-père. Elle travaillait au guichet d'une station-service. Il la faisait rire. C'était ce qu'elle attendait de l'existence, puisqu'elle n'arrivait pas à la quitter : de petits îlots de joie sur une mer de désespoir.

Ses avant-bras ont cicatrisé.

Je n'ai jamais remarqué que ses rires sonnaient creux. Avec elle, la vie était une fête. Elle dansait en préparant à manger, elle chantait à tue-tête dans la voiture en nous emmenant à l'école, elle mettait des fleurs dans ses cheveux et de la couleur sur ses paupières, elle faisait semblant de parler une autre langue, elle improvisait une partie de cache-cache au milieu des devoirs, elle se transformait en cheval pour qu'on grimpe sur son dos, elle savait exactement où ses chatouilles étaient efficaces, elle nous offrait des cadeaux sans raison, elle nous réveillait aux aurores quand le lever du soleil rosissait le ciel, elle nous dessinait un cœur sur la main pour qu'on sache qu'elle pensait à nous, elle nous murmurait « je t'aime » tous les soirs avant de refermer la porte de notre chambre.

Ce sont les derniers mots qu'elle m'a dits.

J'avais treize ans quand le ciel m'est tombé sur la tête, parce qu'elle avait décidé d'y monter. Notre amour n'avait pas suffi à réparer le désamour de ses parents.

Il m'a fallu des années pour la comprendre, pour ne plus lui en vouloir. Pour connaître la femme sous son costume de mère. Elle a laissé un trou béant, mais, ce qui me cause le plus de chagrin, c'est de penser qu'elle est partie en croyant être un accident, alors qu'elle était un cadeau.

C'était il y a quatorze ans, et il ne se passe pas un soir sans que je m'endorme en murmurant « je t'aime » à ma grande absente.

57

Élise

— Pourquoi tu fais ça ? Bercer les bébés, je veux
dire.

Jean-Louis me pose la question au terme de quatre
nouvelles heures avec Noah. Il m'a raccompagnée à
la voiture, nous avons discuté tout au long du trajet,
mais je ne m'attendais pas à aborder un sujet aussi
personnel. Pourtant, comme si sa franchise appelait
la mienne, c'est la vérité qui s'impose.

La première raison, c'est eux. Expulsés de leur
cocon tiède et obscur dans la lumière crue et le froid,
privés des bras de leurs parents, branchés, reliés à
des machines qui hurlent. Je donne juste un peu de
temps, ils le convertissent en chaleur, en affection, en
apaisement. Quelques heures transformées en chance
de bien grandir, c'est une bonne alchimie.

La seconde raison, c'est moi. En devenant câlineuse, je n'imaginais pas pénétrer dans une relation
à double sens. Il y a la satisfaction d'aider, bien sûr.
De faire le bien. Mais pas uniquement. Ce que je ressens lorsque Noah est contre moi est de l'ordre du

magique. À chaque inspiration, il m'allège, à chaque expiration, il me console. Il est le pont entre mon hier et mon demain. Il adoucit les adieux à celle que je ne serai plus.

— En aidant l'autre, c'est aussi moi que je sauve.

Jean-Louis pince ses lèvres :

— C'est égoïste, comme démarche, finalement.

Sa remarque me vexe. Je suis en train de remettre mon armure quand il ajoute :

— J'ai fait le même constat. Je le fais pour eux, mais aussi pour moi. Je ne voulais pas d'enfant. J'ai eu un père qui n'en avait que le nom. On n'était pas ses gosses, mais ses punching-balls. Mon frère aîné est devenu comme lui, j'ai eu peur de suivre le même chemin. Jusqu'à trente ans, j'ai réussi à ne pas construire de vraie relation de couple, mais j'ai fini par tomber amoureux.

Il fouille sa poche, en extirpe un paquet de cigarettes et en allume une. J'ignorais qu'il fumait.

— Mylène voulait absolument un bébé, reprend-il. Je sentais bien que c'était vital. Quand elle est tombée enceinte, j'ai cru que j'allais pouvoir assurer, mais la peur a pris le dessus. Plus son ventre grossissait, plus je passais du temps au boulot. Je n'étais pas là quand mon fils est né, et ça ne s'est pas arrangé par la suite. J'ai tout loupé : ses premières dents, ses premiers pas, ses premiers mots. Il avait sept ans quand elle m'a quitté. C'est le plus grand service qu'elle nous ait rendu. J'ai demandé une garde alternée, comme ça je n'avais plus le choix, j'étais obligé de passer du temps avec lui, et c'était vraiment bien. Mais tout ce que j'avais manqué, c'était perdu. Je crois que, quelque part, je me rattrape avec d'autres.

Mon armure se fracasse au sol. Je cherche les mots, ils ne viennent pas, alors je balbutie une banalité :

— La générosité est toujours un peu égoïste.

Il sourit :

— C'est très con, ce que tu viens de dire.

J'éclate de rire :

— C'est vrai. T'es toujours aussi direct ?

— Non. Par exemple, ça fait une heure que je vois le bout de salade entre tes dents et je ne t'ai rien dit.

Je sens mes joues virer au rouge. Instinctivement, je ferme la bouche et cherche le coupable avec ma langue. Il me faut plusieurs secondes pour percevoir l'amusement dans son regard.

— Tu te fous de moi ?

— Affirmatif ! réplique-t-il fièrement.

Sur le trajet du retour, je pense au petit Noah. Son odeur est encore sur moi. Il n'avait pas le masque, ce soir. Il ne devrait plus en avoir besoin. J'espère que, bientôt, ses parents pourront le câliner tous les jours.

Je n'ai aucune idée de ce qui l'attend. Je ne connais pas ses parents, j'ignore s'il recevra l'amour nécessaire pour bien grandir. Je ne sais pas quel petit garçon il sera, quel homme il deviendra. Nous sommes tous les mêmes, sur la ligne de départ, c'est en route que nous différons. Les uns seront chaussés de souliers confortables, les autres seront ralentis par un sac à dos déjà trop lourd. Les uns auront un vent de bienveillance dans le dos, les autres seront pris dans des bourrasques de violence. Les uns sont nés sous une bonne étoile, les autres sont nés, tout court.

58

Lili

Ton papa a demandé à ses parents de quitter immédiatement notre maison.

Ils ont essayé de discuter, il leur a tenu tête, la voix solide. Une heure plus tard, ils étaient partis.

La nuit a été peuplée de rêves. Dans l'un d'entre eux, tu étais mariée à un homme à tête de phaco- chère, vous viviez dans un bloc opératoire, et je m'installais chez vous pour réorganiser les placards, malgré ma queue de sirène. J'ignore quelle belle-mère je serai. J'ignore même quelle mère je serai. Je vais tenter de te laisser pousser sans entrave, de te laisser façonner ton caractère sans chercher à t'imposer mes points de vue. De t'autoriser à être une personne, et pas un prolongement de moi. Je vais tâcher de ne pas chercher à te manipuler, te dénaturer. De respecter ton libre arbitre. Je vais essayer de ne pas dévaliser tes pensées, de te laisser te frotter à la vie sans t'en- tourer de papier bulle. Je ferai tout pour ne jamais te culpabiliser. Je faillirai, sans aucun doute. Il se peut que je sois intrusive, anxieuse, agacée, agaçante, oppressive, oppressante, pas assez, trop, mais il y a une chose que je te promets : je ferai de mon mieux.

Ce midi, la bonne humeur s'était invitée dans la salle des familles.

Les résultats de l'IRM de Milo étaient encourageants. Les lésions cérébrales sont subtiles et, même si le pronostic est impossible, il est permis d'envisager un déficit cognitif ou comportemental modéré, voire léger.

Après plusieurs nuits difficiles, Clément avait dormi paisiblement.

Tu t'étais nourrie à mon sein. Pendant de longues minutes, tu avais aspiré de toutes tes forces, tes petites mains accrochées à ma peau. Tu avais réussi à téter, déglutir et respirer en même temps. Florence avait été émue. Elle assiste à ce genre de progrès quotidiennement, pourtant c'est toujours une première fois, je crois que c'est ce qui me touche le plus, en elle. Il faut compléter ton repas grâce à la sonde gastrique, et la faim ne te réveille pas encore, mais je sais que c'est imminent. Tu n'es pas née avec toutes les options, mais tu les gagnes une à une, je suis tellement fière de toi.

La plus belle nouvelle était pour la maman des triplés. Plus qu'une nuit, et Inès et Lina pourront rentrer chez elles. Sohan ne devrait pas tarder à les suivre.

On a décidé de fêter toutes ces bonnes nouvelles.

On s'est donné rendez-vous à vingt et une heures dans la salle des familles. La maman des triplés a passé l'après-midi à préparer un tajine si délicieux que j'ai cru ne jamais pouvoir m'arrêter de manger. Son mari nous a rejoints. Habituellement, il n'est présent que le week-end. Ils vivent à plus d'une heure d'ici, elle est logée chez sa tante, mais lui ne peut pas s'absenter en semaine. Depuis qu'ils ont appris la naissance imminente de trois bébés, il cumule deux emplois. La maman de Milo a été autorisée à quitter son bâtiment pour rejoindre le nôtre. Elle arrive sur ses deux pieds, au bras de son mari radieux. Ton papa a apporté des boissons et des biscuits. La maman de Clément n'est pas accompagnée, et ce n'était pas près de changer. Depuis la naissance de son fils, elle a organisé sa vie à la maternité. Elle dort dans la salle des familles, se douche dans une chambre libre du service suite de couches, avec la complicité des sages-femmes, qui s'arrangent également pour lui réserver un plateau à chaque repas. Elle ne rentre chez elle que quand elle a besoin de nouveaux vêtements. Comme ce matin. Elle a trouvé l'appartement anormalement bien rangé. L'amoncellement de chaussures dans l'entrée avait disparu, ainsi que le tas de livres sur le buffet. C'est en ouvrant l'armoire qu'elle a compris. Il est parti. Dans un mot d'une dizaine de lignes, laissé sur la table du salon, il a tenté de se justifier. Il n'arriverait pas à lui pardonner. Il ne pourrait supporter un enfant handicapé. Il ne le reconnaîtrait pas. Elle affirme en être soulagée, que son fils pourra se passer d'un père lâche, mais son regard crie le contraire.

Pendant quelques heures, les murs de la néonat s'évanouissent. On est un groupe d'amis réunis
autour d'un bon repas. Les rires fusent, les confidences jaillissent, on apprend à se connaître tout en
ayant le sentiment que c'est le cas depuis toujours.

La maman des triplés ne cesse de nous enlacer,
elle a le bonheur tactile. La maman de Clément ne
semble pas y tenir, elle se raidit à chaque contact,
espérant sans doute décourager son assaillante, mais
provoquant l'effet inverse.

Dès qu'une assiette est vide, elle s'empresse de
la regarnir. Quand elle dégaine les trois plateaux
de gâteaux, on a un fou rire. Manifestement trop
bruyant. Une femme vêtue de bleu de la tête aux
pieds ouvre la porte à la volée. Sans sa blouse, il me
faut quelques secondes pour reconnaître l'interne
désagréable.

— Vous vous croyez où ?

Tout le monde se tait.

— Pardon, on n'a pas fait attention, souffle la
maman de Clément.

Ce n'est pas suffisant.

— Il y a des bébés qui dorment, au cas où vous
l'auriez oublié.

Je tente d'argumenter :

— On est désolés, on pensait qu'au bout du couloir ça ne s'entendrait pas.

— Eh bien vous vous êtes trompés. Vous êtes
dans un hôpital, pas dans un bar. Il est temps de rentrer chez vous.

Florence arrive à la rescousse, explique que nous avions de bonnes nouvelles à fêter, que nous avons demandé l'autorisation. Le visage de l'interne prend la couleur de ses vêtements.

— Ce n'est pas un lieu de fête, si vous aviez daigné m'en parler, je n'aurais pas donné mon accord. Merci de tout ranger avant de partir.

On ne la ramène pas. J'ai l'impression d'être une petite fille prise en faute. On commence à débarrasser la table, sous son regard impassible. La maman des triplés est restée étonnamment silencieuse. Quand elle finit par intervenir, je comprends qu'elle préparait sa réplique :

— Eh ben. Je la croyais plus sympa, la Schtroumpfette.

Il y a un moment de flottement, puis des tentatives désespérées de demeurer sérieux, mais c'est toujours quand elle doit se cacher que l'hilarité est la plus forte. Le fou rire est intense, interminable, tellement bon. J'en ai mal au ventre. Même Florence peine à se contenir.

La Schtroumpfette part en nous laissant dix minutes pour vider les lieux. La maman des triplés s'autorise à étreindre Florence. Je m'éloigne pour laver les assiettes, observant la scène, et ma gorge se noue. Maman des triplés. Maman de Clément. Papa de Milo. Je prends conscience que notre situation commune a agi comme un accélérateur. On se comprend, on parle le même langage. On partage l'une des périodes les plus fortes de notre existence. On s'est rencontrés au zénith de la vulnérabilité. On est à poil. Les attitudes, les convenances, les camouflages sont restés au seuil de la néonat. On s'est connus sous notre plus mauvais jour, nos fragilités se sont emboîtées. La fin du séjour approche, et j'aurais ricané si on me l'avait prédit, mais ils vont me manquer.

Charline

13 h 38

Bonjour ma chérie, c'est maman. Pour la transpiration, le bicarbonate de soude est très efficace et naturel. Bises. Maman

14 h 06

Heu… Je ne sais pas trop comment le prendre.

14 h 15

C'est pour ton bien, ma chérie. Le déodorant provoque des cancers du sein. Bises. Maman

14 h 56

Ok. Merci. À Noël, je t'offrirai une crème antirides bio. Bisous Mamoune !

59

Élise

En me levant ce matin, un sentiment désagréable me traverse. Quelque chose n'est pas normal.

Depuis que je laisse la porte de ma chambre ouverte la nuit, pour le rassurer, Édouard a une nouvelle habitude. Lorsque je m'endors, il est nonchalamment allongé au pied du lit ; lorsque je me réveille, il est nonchalamment allongé contre moi. J'imagine ce qui se passe entre les deux : il me scrute, attendant patiemment que je sombre dans le sommeil, il grimpe le plus légèrement possible sur le lit, puis progresse, centimètre par centimètre, jusqu'à atteindre le spot le plus proche de moi. Sa truffe à quelques centimètres de mon nez. S'il le pouvait, il me servirait d'écharpe.

Je fais mine de le réprimander, mais, à chaque réveil, je suis presque heureuse de sentir son haleine sous-marine.

Ce matin, je suis seule dans le lit. Je me lève, la chambre est vide. J'appelle Édouard, il devrait arriver ventre à terre, mais rien. Je suis inquiète en me rendant dans la cuisine, et ce que je découvre ne me rassure pas. Édouard gît sur le flanc, à même le sol, les yeux ouverts, la respiration saccadée, la bave au museau. Il a vomi à plusieurs endroits.

Je ne perds pas une minute. Je le porte jusqu'à la voiture et roule vers la clinique vétérinaire. Couché sur le siège passager, il ne bouge pas de tout le trajet.

Même la présence de congénères dans la salle d'attente n'a pas le moindre effet. La secrétaire m'indique que nous passerons en priorité, dès que le docteur aura terminé sa consultation en cours.

L'attente est insupportable. C'est la première fois qu'Édouard est malade. J'ai tendance à oublier son âge tant il est en forme. Je ne suis pas prête à me passer de lui. Je viens juste de le rencontrer vraiment.

Couché sur mes cuisses, Édouard respire péniblement. Quelquefois, son corps entier frémit. Je ne cesse de le caresser, de lui parler doucement. Tout va bien aller, mon gros.

Le vétérinaire n'est pas loquace. Il examine Édouard, palpe son ventre, fouille sa gueule, prend sa température et finit par me proposer une échographie. Tout ce que vous voulez, docteur.

— A-t-il mangé quelque chose d'inhabituel ? me demande-t-il.

— Pas que je sache.

Il me laisse dans le cabinet et emmène Édouard dans la salle de radiologie. À peine a-t-il fermé la porte que mes larmes jaillissent. Mon téléphone sonne, je ne le sors pas de mon sac. Pour la première fois depuis longtemps, j'ai besoin d'être seule.

Le vétérinaire revient au bout de vingt minutes, Édouard dans ses bras. Je m'essuie les joues et le prends dans les miens. Il pose les clichés devant moi et, de la pointe de son stylo, me désigne plusieurs zones.

— Vous voyez les intestins, déclare-t-il.

Je hoche la tête d'un air entendu, mais ce pourrait aussi bien être la coloscopie de sa grand-mère.

— Les petites taches que vous apercevez sont des éclats solides, sans doute du plastique. Vous avez une idée de ce que cela pourrait être ?

— Non, vraiment, je ne… oh putain. Mon porte-clés. Je ne le trouvais plus, depuis quelques jours.

— C'est possible, en effet. Plusieurs morceaux sont coincés. La bonne nouvelle, c'est qu'ils sont dans la partie basse de l'intestin. Nous allons le perfuser, pour le réhydrater et lui administrer le traitement, cela pourrait suffire à le guérir. Si ce n'est pas le cas, nous opérerons.

Je serre Édouard un peu plus fort contre moi :

— Il va s'en sortir ?

— Ça devrait aller. Il est entre de bonnes mains.

Sur le trajet qui me mène au travail, j'essaie de chasser les dernières images. Quand le vétérinaire a enfermé Édouard dans la cage, j'ai lu la détresse dans son regard. J'ai demandé l'autorisation de venir lui rendre visite, le médecin n'y a vu aucune objection. J'ai promis à mon chien de passer ce soir.

J'ai appelé madame Madinier ce matin, pour la prévenir de mon retard. Quand je pénètre dans le bureau, elle sait que l'absence d'Édouard n'est pas une bonne nouvelle. J'espérais qu'elle se garderait de toute remarque acerbe. Mais c'est plus fort qu'elle :

— Je suis heureuse de vous voir, Élise. Sans votre monstre.

J'essaie de me contenir. Mais, face à son petit air satisfait, je sens la colère pousser les mots hors de ma bouche :

— Je suis heureuse de vous voir aussi, madame Madinier. Sans votre finesse.

60

Lili

J'avais dit non. Mais, à force de l'évoquer à chaque séance, la psychologue m'a convaincue de prendre rendez-vous avec la socio-esthéticienne.

J'ai failli annuler une dizaine de fois.

D'abord parce que c'était une perte de temps. J'ai toujours pris soin de moi, mais, depuis ta naissance, mon corps est un champ de ruines. Je vais au plus rapide pour privilégier les moments avec toi : je me douche à la hâte, plus par respect pour l'odorat de mes congénères que par réelle envie, je m'habille avec ce qui me tombe sous la main, pourvu que ce soit confortable, ma peau se transforme en papyrus et je pourrais poser des bigoudis sous mes aisselles.

Ensuite, parce que mon corps est une plaie. J'ai les seins à vif, mon ventre réussit l'exploit d'être hypersensible et insensible à la fois, je n'arrive même pas à l'effleurer sous la douche, et je ne peux m'asseoir que sur le côté, car des veines ont décidé de se dilater au mauvais endroit.

Enfin, parce que, même si j'y travaille dur, je ne suis pas réconciliée avec mon corps.

Je me contracte rien qu'à l'idée que quelqu'un puisse le frôler. Ton papa a essayé, une nuit. Son tibia pleure encore.

La socio-esthéticienne s'appelait Selena, elle était douce comme un tapis berbère. Elle m'a posé trois questions et m'a invitée à ôter mon haut et à m'allonger. J'ai obtempéré en me demandant ce que je foutais là. J'étais étonnée de ne pas avoir à me déshabiller entièrement, mais je me suis bien gardée de lui en parler.

Elle a préparé son matériel en silence. Une musique douce était diffusée, et les volets étaient presque totalement baissés, laissant à peine entrer quelques éclats de lumière. Je fixais le plafond.

— Inspirez, puis expirez longuement.

Elle m'a fait recommencer trois fois. Les deux premières, j'ai fait de la résistance. La troisième, j'ai senti mon corps se détendre imperceptiblement.

Elle a commencé par le visage. Elle a caressé ma peau avec un coton imbibé, ce n'était pas trop désagréable. Elle m'a demandé comment tu t'appelais. J'ai soufflé ton prénom, en espérant qu'elle allait se taire. Elle a chauffé de l'huile dans ses mains et m'a doucement massé le front. Elle m'a questionnée sur ta santé. J'ai répondu en une syllabe, et j'ai fermé les yeux. Ses doigts ont effleuré mes joues. Elle a voulu savoir si tu étais mon premier enfant. J'ai hoché la tête. Elle a laissé passer de longues minutes sans parler. Ses mains pétrissaient mes épaules, remontaient le long de mon cou, caressaient mon menton, mes joues, mon nez, mon front, massaient mon crâne, puis recommençaient.

Les épaules, le cou, le menton, les joues, le nez, le front, le crâne.

Ma respiration s'est apaisée.

Les épaules, le cou, le menton, les joues, le nez, le front, le crâne.

Mon dos s'est enfoncé dans le matelas.

Les épaules, le cou, le menton, les joues, le nez, le front, le crâne.

Mes jambes se sont détendues.

Les épaules, le cou, le menton, les joues, le nez, le front, le crâne.

Mes poings se sont desserrés.

Les épaules, le cou, le menton, les joues, le nez, le front, le crâne.

Mes larmes ont roulé.

Les épaules, le cou, le menton, les joues, le nez, le front, le crâne.

Je lui ai tout raconté. La visite chez l'obstétricien. Le sang. Le code rouge. Le bloc. L'attente. L'angoisse. Les tuyaux. Le masque. L'incertitude. Les progrès. L'espoir.

Elle m'a écoutée attentivement, sans jamais cesser le ballet de ses mains, ponctuant mon récit de questions ou de remarques.

Quand elle a eu fini, elle m'a laissée reprendre mes esprits. Je me suis redressée, ma tête tournait. Je ne m'étais pas sentie aussi sereine depuis longtemps.

— Je croyais que vous alliez me masser le corps, j'ai dit.

— Je sais que le corps des jeunes mamans est meurtri.

J'ai acquiescé. Je m'étais livrée à une inconnue au simple contact de ses doigts sur mon visage. Si elle s'était occupée du reste, gageons qu'elle serait repartie avec le code de ma carte bancaire.

61

Élise

Dans le hall d'entrée de mon immeuble, au-dessus des boîtes aux lettres, monsieur Lapin est en train d'accrocher une affiche. On ne peut pas la manquer, ses lettres capitales hurlent :

« VEUILLEZ ARRÊTER LES CAROTTES
OU JE SERAI DANS L'OBLIGATION
DE PRENDRE LES MESURES NÉCESSAIRES »

— Vous savez qui c'est ? m'interroge-t-il alors que je rentre du travail.

— Bonjour, monsieur Lapin.

— Oui, oui, s'agace-t-il. Vous connaissez le coupable ?

Je prends mon air le plus innocent :

— Le coupable de quoi ?

— Eh bien, vous savez ! Celui qui met des carottes dans notre boîte ! On pensait être tranquilles, maintenant que la vieille Italienne est partie, mais un petit malin a pris le relais. Elle au moins, elle mettait des rondelles. Maintenant, on a carrément des carottes râpées. C'est inadmissible.

J'approuve avec force et je lui promets de lui communiquer le moindre indice.

J'ignore pourquoi je continue. Cela m'amusait de rendre hommage à madame Di Francesco, mais une fois aurait dû suffire. Pourtant, chaque jour, je mets un point d'honneur à offrir ses légumes à monsieur Lapin. Il est le seul à bénéficier de ma générosité. Je le trouve bien ingrat.

Le responsable de la société gestionnaire de l'immeuble arrive à cet instant, suivi de la nièce de madame Di Francesco. Demain, son appartement sera vidé, nous informent-ils. Une mère et ses deux enfants prendront sa place la semaine prochaine, une fois les travaux de rafraîchissement effectués. Elle vivait ici depuis trente-cinq ans, m'apprend sa nièce. Elle a emménagé au décès de son premier mari, avec son fils de vingt ans. Il est mort trois ans plus tard, d'une méningite. Elle n'a plus jamais été la même. Elle a fini par retrouver l'amour à plus de soixante-dix ans, mais cela n'a duré que sept ans. Lui aussi, elle l'a perdu, et un bout de sa tête avec.

Mes pensées se carambolent tandis que je gravis l'escalier.

On ne connaît pas les personnes qui vivent à quelques mètres de nous. Nos existences sont cloisonnées. Je ne savais rien des drames de madame Di Francesco. Je connaissais la voisine acariâtre, devenue loufoque au décès de son mari, j'ignorais la femme, la mère.

Je ressens le besoin viscéral de serrer mes enfants contre moi. Je les appellerai en rentrant. Je leur parlerai de mon quotidien, comme quand ils le partageaient. Je leur raconterai, pour madame Madinier. Qu'elle ne m'adresse plus la parole, et que c'est bien mieux ainsi. Je leur donnerai des nouvelles d'Édouard. Il allait bien, ce soir. J'ai pu le promener. Le vétérinaire pense qu'il ne devrait pas avoir besoin d'opération.

Je pousse la porte du quatrième étage. Il est déjà éclairé. Je sors les clés de mon sac et sursaute en relevant la tête. Je n'aurai pas besoin d'appeler Charline. Assise devant ma porte, une valise posée à ses côtés, elle me sourit à travers ses larmes :

— Salut, Mamoune. T'as une petite place pour moi ?

62

Lili

Un mois de toi.

Un mois que tu es la première personne à laquelle je pense en me réveillant.

Un mois que tu es la dernière personne à laquelle je pense en m'endormant.

Un mois que le brouillard s'est levé.

Un mois que je t'aime depuis toujours.

Thomas

9 h 29

Bonjour mon chéri, c'est maman. Comment vas-tu ?
Bises. Maman

14 h 31

Coucou chéri, tout va bien ?
Bises. Maman

18 h 22

Chéri, tu peux m'appeler quand tu as mon message ?
Bises. Maman

21 h 48

Ton père et moi allons nous remarier.

21 h 56

Quoi ??!!!!!

21 h 57

Non, ce n'est pas vrai. Mais je suis rassurée, tu es vivant et ton téléphone aussi.
Bises. Maman

63

Élise

Le petit Noah est rentré chez lui. Je m'y attendais, et je m'en réjouis pour lui et ses parents. Pourtant, quand Florence me l'a annoncé, j'ai eu un pincement au cœur.

La petite fille que je câline aujourd'hui se prénomme Mia. Elle souffre d'une maladie des membranes hyalines, due à une naissance prématurée. Elle est en fin de séjour, elle doit encore apprendre à se nourrir seule. Sa maman vient en journée, je me souviens de l'avoir croisée lors de la formation. Son air inquiet m'a marquée. Le soir, quand ses parents sont partis, la petite pleure beaucoup. Alors, je fais le trait d'union.

Contre moi, elle est calme. Je caresse ses cheveux bruns en lui chantant une berceuse. Elle me fixe de son regard sombre. Elle me rappelle Charline, bébé. Ses yeux cherchaient toujours les miens. J'ai hâte de la retrouver, ce soir.

Elle n'est pas entrée dans les détails. Elle a quitté Harry à la suite d'une dispute. Elle est effondrée, le plateau-repas que je lui ai concocté hier soir n'y a rien changé. *Love Actually* non plus, mais ce n'était peut-être pas le choix le plus judicieux.

Elle s'est couchée avec moi. J'ai caressé ses longues boucles brunes, ses sanglots ont fini par se tarir, et elle par sombrer dans le sommeil. Alors, je me suis faufilée hors de la chambre et j'ai dormi dans la sienne. Le cododo a moins de charme quand le bébé mesure un mètre soixante-huit.

Jean-Louis est en train de récupérer ses affaires quand je pénètre dans le vestiaire. Son visage est fermé. Il m'apprend que la petite Lou, qu'il berce depuis le début, a été transférée en réanimation. Une infection a aggravé son état.

— Je sais qu'il faut pas s'attacher, mais ça fait quelque chose.

— C'est impossible de ne pas s'impliquer.

— Ouais. La puéricultrice m'a dit que j'allais pas tenir longtemps, si je prenais autant les choses à cœur. C'est la première fois que j'en rencontre une aussi détachée. Elle a dû tomber là par hasard, pas par vocation. Je lui ai répondu qu'elle ferait mieux de bosser avec des plantes.

Je referme la porte de mon casier et le dévisage :

— Tu ne lui as pas vraiment dit ça ?

— Bien sûr que si.

Nous ne prononçons pas un mot jusqu'au parking. Je ne sais que penser de cet homme, de sa brusquerie.

Comme un rituel implicite, il me raccompagne à ma voiture.

— Je suis venu en tram, m'apprend-il.

Je m'assois sur mon siège et boucle ma ceinture. Il se tient dans l'ouverture de la portière. Il regarde au loin, l'air soucieux.

— Tu sais, j'ai pas toujours été comme ça, déclare-t-il soudain. Avant, je gardais tout pour moi, j'étais incapable de dire les choses, qu'elles soient positives ou négatives. J'ai été élevé dans une famille de taiseux.

— Tu t'es bien rattrapé ! je m'esclaffe.

Il sourit :

— J'ai eu une leucémie. Le pronostic n'était pas génial, j'ai fait partie des rares chanceux. Tous ceux qui étaient dans le même service que moi y sont passés. Quand la mort te regarde droit dans les yeux, les priorités sont bousculées et certaines choses deviennent urgentes. Je ne voulais pas partir sans dire à mon fils que je l'aimais. Je suis en rémission depuis cinq ans, mais c'est resté. Je dis toujours ce que je pense. La vie est trop courte pour faire des détours.

— Tu as conscience que ça peut être déstabilisant ?

— Je sais, mais je ne cherche jamais à blesser ou à faire plaisir. Juste à être moi. Il faut prendre mes propos comme ils sortent, y a rien caché derrière.

Sa confiance me touche. Comme Mariam et Nora, il est différent de toutes les personnes que j'ai connues jusque-là. Si nous n'avions pas été bénévoles dans la même association, je ne lui aurais sans doute jamais adressé la parole. Je m'ouvre à d'autres mondes, je m'éveille à d'autres vies. Mon équilibre a vacillé et, au lieu de chercher à me stabiliser, je barbote dans l'inconnu.

— Tu veux que je te ramène ?

Il ne feint pas l'étonnement, ne refuse pas par convention. Il fait le tour de la voiture, s'installe sur le siège passager et, tandis que je démarre, me lance :

— Je ne saurais pas expliquer pourquoi, parce que t'es pas la personne la plus chaleureuse que je connaisse, mais j'aime bien passer du temps avec toi.

64

Lili

Estelle m'a annoncé qu'elle partait.

Elle est passée dans chaque box, faire ses adieux à tous les parents, et un dernier câlin aux bébés qu'elle a aidés à vivre.

Sous sa blouse, je n'avais pas vu son ventre s'arrondir.

— J'en suis à vingt-cinq semaines, elle m'a expliqué. C'est le terme à partir duquel on prend en charge les nouveau-nés. C'est déjà difficile de ne pas s'impliquer émotionnellement, ça devient impossible quand on est enceinte. J'ai demandé à être transférée dans un autre service jusqu'à mon congé maternité, on s'arrange parfois comme ça.

J'étais heureuse pour elle, mais triste pour nous. Je lui ai dit merci avec les yeux, parce que ma voix n'y arrivait pas. Elle a promis d'essayer de venir nous faire un petit coucou dès qu'elle le pourrait, mais on savait elle et moi que c'était une promesse qui voulait juste être polie.

Un jour, je te raconterai sa douceur, sa manière de chanter les phrases, son empathie, sa patience, sa sensibilité. Un jour, je te parlerai de cette femme qui aidait les bébés à respirer, et leurs parents aussi.

Je n'ai pas osé la serrer dans mes bras, ça ne se fait pas et, après, j'ai regretté de ne pas faire les choses qui ne se font pas.

Elle a quitté le service discrètement. Je l'ai vue remonter le couloir, pousser la porte et disparaître. Sans sa blouse, on aurait dit une personne normale. Une héroïne sans cape.

Je me suis consolée avec les gâteaux de la maman des triplés.

— C'est pas possible, il faut que tu ouvres un restaurant ! j'ai articulé, la bouche pleine. Sinon, je vais être obligée de m'incruster chez toi tous les jours.

— Si t'es prête à faire une heure de route, tu es la bienvenue.

Il ne restait que quarante minutes avant que ses filles puissent sortir. Elle voyait uniquement le positif :

— On va être à l'étroit, dans le salon de ma tante, mais Sohan suivra bientôt, et on pourra rentrer à la maison. J'ai hâte !

La maman de Clément a demandé :

— Ça ne te fait pas peur, trois enfants d'un coup ?

La maman des triplés a balayé la question d'un éclat de rire :

— J'avoue que, quand on m'a dit qu'il y en avait trois, j'ai failli leur proposer de continuer sans moi. Je ne voyais que le négatif : notre appartement était trop petit, on allait devoir changer de voiture, avec notre budget, c'était un coup dur. Et comment j'allais faire, pour leur donner le sein alors que j'en avais que deux ? Ou quand les trois pleureraient ? Je faisais des cauchemars sur l'accouchement, c'était une boucherie. Au troisième mois, quand on m'a appris qu'il y avait un risque important de les perdre, j'ai pris conscience que je les aimais déjà plus que tout. On va avoir du mal à boucler les fins de mois, on va être un peu serrés, ils me reprocheront sans doute un jour de ne pas m'être fait greffer un troisième sein, mon vagin est plus large que le tunnel sous la Manche, mais je n'ai jamais été aussi heureuse. Vous savez pendant combien de temps on a essayé ?

— Non, a répondu le papa de Milo en reprenant une pâtisserie.

— Huit ans. Les trois premières années, on s'inquiétait pas trop, on était jeunes, ça allait venir. Mais il a fallu se rendre à l'évidence, soit on s'y prenait mal, soit y avait un problème. Les examens ont confirmé que ce serait difficile, voire impossible. J'avais déjà entendu parler de l'infertilité, mais on ne s'intéresse jamais vraiment aux choses avant qu'elles nous touchent. Maintenant, je sais qu'avoir un enfant peut être un parcours du combattant. J'ai eu tellement de piqûres et de prises de sang que, quand y avait du vent, mon corps jouait « Au clair de la lune ». Et je vous parle pas des hormones, je n'étais plus moi-même, j'étais épuisée, je passais du rire aux larmes, et j'avais des colères terribles, comme ça, pour rien. Je me transformais, comme Hulk. Une fois, au supermarché, une mamie m'a effleurée avec son chariot, je lui ai dit des mots, je vous jure, je savais même pas que je les connaissais. Je suis sûre qu'après ça elle n'a plus jamais mis son sonotone.

Je n'ai pas pu m'empêcher de rire. Elle a gloussé, puis a repris :

— Mais le pire, c'était l'espoir. À chaque fois, on y croyait comme si c'était la première. Je voyais des signes partout, je me disais « si le feu passe au vert dans moins de trois secondes, je suis enceinte », le feu passait au vert, mais mon ventre restait vide. J'arrivais même à me créer des symptômes, mes seins étaient tendus, j'avais des tiraillements dans le bas-ventre, des nausées, c'est fou ce que l'esprit peut faire. Quand le verdict tombait, c'était l'horreur. Je pouvais passer trois jours en boule dans mon lit, je n'avais plus goût à rien, et puis je me raisonnais, je me persuadais que ce serait pour la fois d'après, mais y a eu un paquet de fois après, et c'était jamais la bonne. Alors on est passés au niveau supérieur, la fécondation in vitro et, là, c'est encore plus dur, pour le corps et pour le moral. On a eu deux embryons du premier coup. Ils me les ont implantés, j'étais enfin enceinte, j'avais envie de le crier sur tous les toits, d'ailleurs c'est ce que j'ai fait, et je l'ai bien regretté parce que ça n'a pas tenu. J'ai cru que j'allais jamais m'en remettre…

Elle a marqué une pause. Son visage s'était obscurci, c'était la première fois qu'elle laissait l'ombre gagner du terrain. Elle s'est rapidement reprise :

— On a décidé d'arrêter, notre vie tournait autour de ça et c'était trop dur. Pendant six mois, j'ai essayé de trouver d'autres façons d'être heureuse, je sais qu'il y a plein de femmes qui ne souhaitent pas avoir d'enfants et qui s'en passent très bien, mais j'y arrivais pas. J'ai toujours voulu une grande famille, comme quand j'étais petite. Je suis comme ça, je savais que si je n'en avais pas, il me manquerait toujours la meilleure partie de moi. On s'est donné une dernière chance, et ça a marché mieux que dans nos rêves. Alors oui, j'ai un peu la trouille, mais j'ai trouvé trois trèfles à quatre feuilles d'un coup, je vais pas me plaindre ! Arrêtez de me regarder avec vos têtes dépressives, vous allez me faire pleurer.

Les larmes ont envahi ses yeux. Le papa de Milo a passé son bras autour de ses épaules, je lui ai tendu un gâteau, elle a ri, avant de croquer dedans.

La maman de Clément a fait une grimace :

— Je ne verrai plus jamais le tunnel sous la Manche de la même manière.

65

Élise

Ma fille est une adulte. Il aura fallu qu'elle vienne vivre sous mon toit pour que j'en prenne réellement conscience. Je la vois évoluer dans cet appartement qui a abrité son adolescence, ce n'est plus son décor. En filigrane, l'enfant apparaît encore sous la femme. Quand, entre deux conversations professionnelles en anglais, elle se pelotonne contre moi sur le canapé. Quand, en lisant les pages politiques du journal, elle trempe ses tartines dans un chocolat chaud. Je connais tout d'elle, mais je ne connais rien d'elle. Ma toute petite est devenue grande.

Ces moments doux ne dureront pas, alors j'en extrais le suc. C'est comme une seconde chance, une dernière occasion de dire au revoir au passé.

— Dépêche-toi, on va être en retard !

Les vieilles phrases reviennent vite. Nous dévalons l'escalier et nous engouffrons dans la voiture. Si, il y a à peine quelques semaines, on m'avait annoncé que j'allais courir pour me rendre à la danse, j'aurais bien ri.

Charline a tenu à m'accompagner, mais refuse de participer. Elle avait simplement envie de passer du temps avec moi. Elle doit le regretter dès les premières secondes, j'ai l'impression d'être encore moins douée que les fois précédentes, mais ce n'est que le juste retour des choses. J'ai enduré des années de kermesses, de spectacles de natation synchronisée et de compétitions de gymnastique. Des heures à regarder les exploits approximatifs d'enfants que je ne connaissais pas pour quelques minutes à admirer ceux des miens.

À la fin du cours, Mariam, trop heureuse de faire une nouvelle victime, nous convie pour le dîner. Nous avons beau la prévenir, ma fille a l'air très attirée par le gratin de courge butternut.

Le plat réchauffe pendant que nous trinquons à cette bonne soirée. Une odeur agréable envahit l'appartement. Mariam nous annonce que son voyage pour l'Inde prend forme.

— À ce propos, tu es prête pour Venise ? s'enquiert Nora.

Je le suis. J'ai failli annuler le billet d'avion, mes proches me connaissent assez pour avoir opté pour l'assurance. Pourtant, dans quelques jours, je partirai. J'ai peur, je n'en dormirai sans doute pas la nuit précédant le départ, mais je dois le faire. Et cette fois, ce n'est pas pour ne pas décevoir ceux qui m'ont offert le voyage. C'est pour ne pas me décevoir, moi.

Le gratin arrive sur la table comme Carrie dans la salle de bal. Nora et moi échangeons des regards effrayés. Je prélève une infime quantité sur ma fourchette, ma collègue se pince le nez en insérant la sienne dans sa bouche.

— Putain, mais c'est bon ! s'exclame-t-elle.

— C'est délicieux ! je confirme. Tu l'as trouvé chez quel traiteur ?

— T'es malade ? s'inquiète Nora.

Charline est trop affairée à manger pour commenter. Mariam éclate de rire :

— J'ai juste suivi la recette !

— Ah tiens, ironise Nora. Pas bête.

— Mais je ne le ferai plus, conclut notre cuisinière. C'est beaucoup moins amusant.

Il est tôt lorsque nous prenons la route de la maison. Charline est épuisée. Sa tête, appuyée contre le siège, dodeline au gré des reliefs de la chaussée. Je viens de garer la voiture quand elle murmure :

— Maman, j'ai quelque chose à te dire.

Mon cœur accélère. J'attendais cet instant. Je la laissais venir, mais certains signes ne trompent pas.

L'odeur dans les toilettes. Je la reconnaîtrais entre mille. La fatigue intense. L'émotivité. Le fait qu'elle ne veuille pas danser. Le verre de vin qu'elle a refusé.

Elle se tourne vers moi et pose sa main sur la mienne :

— Mamoune, j'attends un bébé. Tu vas être mamie.

66

Lili

Lorsque je suis arrivée ce matin, tes grands-parents étaient dans ton box. C'était la première fois que je les voyais depuis leur départ précipité de la maison. J'ai failli faire demi-tour, il faut croire que je suis plus courageuse quand la colère me porte. Malheureusement, ils m'ont aperçue et j'ai dû ravaler ma couardise. Ils m'ont embrassée, puis se sont assis en silence, le regard fixé sur ton berceau, un sourire figé aux lèvres.

Tu le sais désormais, j'ai tendance à noyer ma gêne sous des flots de bavardages, ils sont donc repartis une heure plus tard avec une vision détaillée de la météo des dix prochains jours sur la région. Ils ont demandé s'ils pourraient te rendre visite à la maison, ils m'ont fait de la peine, je leur ai répondu qu'ils seraient toujours les bienvenus, ils ont souri et, en sortant, ta grand-mère a retiré la sucette de ta bouche.

Je t'ai donné le bain avec Florence et, pour marquer ta désapprobation, quand je t'ai prise contre moi pour te sécher, tu m'as pissé dessus. Florence en a pleuré de rire. Lorsqu'elle a repris son souffle, elle m'a dit :

— Demain, vous devriez apporter votre valise.

— Ma valise ?

— Oui, elle a répondu, l'air mystérieux. Pour la nuit… on sait jamais.

Elle n'a pas eu besoin d'en dire plus. Tous les matins, l'équipe se réunit pour discuter de la prise en charge de chaque patient. Tu es presque autonome, il reste à mettre en place un allaitement efficace, qui te permettra de prendre du poids sans complément, et on pourra sortir. C'est la configuration idéale pour nous installer dans l'une des trois chambres mère-enfant du service. De vraies chambres individuelles, avec un lit pour le parent, tout le matériel pour le nourrisson, et la présence du personnel à portée de sonnette. Chaque jour, je passe devant, au début du couloir. Il m'arrive d'y surprendre, à la faveur d'une porte ouverte, une maman allongée aux côtés de son petit, et rien que ça, rien que cette proximité simple à laquelle on n'a jamais eu droit, ça me serre le cœur d'envie.

— Ce n'est pas sûr, elle a précisé. Mais une chambre vient de se libérer, et vous êtes la première sur la liste.

— Ce serait formidable, j'ai soufflé.

Elle m'a souri et a posé sa main sur mon épaule :

— C'est une question de jours, maintenant. Bientôt, vous serez chez vous, tous les trois.

Elle a quitté le box, et, si mon périnée n'avait pas été en état de mort clinique, je lui aurais couru après pour lui déclarer ma reconnaissance éternelle. Florence et la plupart des personnes travaillant dans ce service ont réussi l'exploit de me redonner foi en l'humanité.

La vie met sévèrement cette foi à l'épreuve, tu t'en rendras compte assez tôt. J'ai lu qu'on pouvait devenir intolérant aux crustacés à force d'en consommer, c'est un peu la même chose avec les gens. Je me sens souvent agressée par le comportement des autres, en voiture, dans les magasins, dans les administrations, en amitié, en amour. Ça se méprise, se pousse, se menace, s'invective, se passe devant, s'ignore, et cette violence ordinaire finit par prendre toute la place et occulter les mains tendues, les sourires, les encouragements, les engouements, les surprises.

Ici, dans ce lieu chargé de douleur, c'est la douceur qui l'emporte. Florence et ses collègues sont peut-être, sans doute, pleines de failles, peut-être sont-elles colériques, menteuses, intolérantes, égoïstes, peut-être enterrent-elles des chatons sous leurs rosiers, mais ce qu'elles offrent ici à des familles abîmées, ce dévouement, cette droiture, ça me donne envie d'aimer mon prochain, même s'il me roule sur le pied avec son vélo.

Mon frère est arrivé sur ces considérations. Il a toujours eu le sens de l'à-propos. Tu dormais contre moi. Il s'est approché, presque sur la pointe des

pieds, le regard braqué sur toi, évitant scrupuleusement le mien.

— Bonjour, il t'a chuchoté. C'est tonton Valentin.
Il s'est accroupi et a saisi doucement ton pied.

— Je suis heureux de te rencontrer. J'ai mis un
peu de temps à venir, mais un jour je t'expliquerai. Je
suis sûr que tu comprendras.

J'ai grogné. C'est sorti tout seul. Ma foi en l'humanité avait ressuscité, mais mon corps n'y était pas
encore habitué. Il a levé les yeux vers moi. J'y ai vu
tout ce qu'il n'avait pas envie de verbaliser. J'y ai vu
mon petit frère de cinq ans, une main dans la mienne,
l'autre dans celle de notre père, remontant le couloir
blanc qui nous menait à notre maman endormie. J'y
ai vu son chagrin inconsolable, dans cette chambre
qui sentait le désinfectant. J'y ai vu sa phobie de tout
ce qui ressemblait de près ou de loin à un hôpital. J'y
ai vu l'effort qu'il avait fourni, pour te rencontrer.
Pour ne pas me décevoir. Alors, je lui ai souri et j'ai
murmuré :

— Salut frangin. Je te présente ta filleule.

67

Élise

Édouard est rentré à la maison. Pour fêter ça, il a offert son œuvre au tapis. J'ai offert le tapis à la poubelle.

Il est totalement rétabli. Quand nous sommes allées le chercher, il ne remuait pas la queue, mais son corps entier. Charline l'a filmé et a envoyé la vidéo à son frère. Il a répondu qu'il savait qu'il allait s'en sortir, que c'était un guerrier, qu'il l'avait prouvé en survivant avec une gueule de ragondin. Il ne mérite pas Édouard.

J'ai préparé le plat préféré de ma fille pour célébrer sa merveilleuse annonce : du poulet mariné au sésame. J'ai pris un fraisier chez le pâtissier, en m'assurant qu'il ne contenait pas d'œuf cru.

On n'a pas eu le temps d'arriver au dessert. Harry a téléphoné. Depuis deux heures, elle discute avec lui, enfermée dans la chambre, et le fraisier a perdu du poids.

En l'attendant, je repense au moment où elle m'a tout raconté.

Lorsque Charline a appris à Harry qu'elle était enceinte, il n'a pas eu la réaction qu'elle espérait. Il s'est levé de table, puis est sorti, arguant qu'il avait besoin de prendre l'air. À son retour, il a déclaré que ce n'était pas le moment. Ils étaient jeunes, il l'aimait, mais il ne se pensait pas prêt à devenir père. Le test positif était une surprise pour elle aussi, mais, à partir du moment où elle avait su qu'une vie grandissait en elle, elle s'était sentie mère. J'ai été profondément émue, quand elle m'a confié ce détail.

Elle en voulait beaucoup à Harry. Moi, j'avais très envie de le découper en petits morceaux et d'en faire un pudding, mais j'ai préféré garder cet élément pour moi. J'ai conscience que, si les choses s'arrangent entre eux, elle repartira, mais c'est à elle que j'ai pensé, en lui donnant mon avis :

— Il a le droit d'avoir peur, ma chérie. C'est un énorme bouleversement. Tu sembles épanouie avec lui, et j'ai l'impression que c'est réciproque. Je le connais peu, finalement, mais je crois que c'est quelqu'un de bien. Je te vois rejeter tous ses appels, il a peut-être quelque chose d'important à te dire.

— Il va vouloir me faire avorter, j'en suis persuadée.

— Tu sauras prendre la bonne décision, je n'ai aucun doute. Tu es suffisamment forte pour ne pas te laisser dicter tes choix.

— J'ai pas envie de lui parler. Sérieux, j'étais sûre qu'il serait heureux, il est complètement gaga de son neveu. Je m'attendais pas à ça. Qu'est-ce que je vais devenir ?

Elle s'est jetée dans mes bras en pleurant. Elle y est restée longtemps. J'avais envie d'arracher son chagrin, de porter son désespoir. L'impuissance face à la souffrance de ses enfants est l'une des plus grandes épreuves des parents.

J'espère que l'issue de leur conversation sera positive.

Je suis réveillée par un bisou sur la joue. Je me suis endormie sur le canapé, sur ma lecture du moment. Charline a les traits tirés, mais elle sourit.

— Pardon Mamoune, j'ai loupé le repas.

— Pas grave, le fraisier m'a tenu compagnie. Ça va ?

— Oui. Il regrette, il a paniqué. Il veut qu'on le garde. Je suis tellement heureuse !

Elle m'enlace fort, ses cheveux me chatouillent les narines. Elle a beau changer de shampoing, de savon, son odeur reste la même. C'est le parfum de l'enfance, des souvenirs. Le parfum de ma toute petite, qui va devenir maman.

68

Lili

J'ai laissé ma valise dans le coffre de la voiture, pour ne pas défier le sort. L'équipe était encore en réunion quand je suis arrivée. Comme tous les matins, je me suis assise sur le fauteuil bleu et je t'ai contemplée en attendant que tu ouvres un œil.

Tu dormais, lovée dans ton coussin de billes, tes petits poings serrés contre tes joues. Derrière tes paupières closes, tes yeux s'agitaient. Tu rêvais. À quoi ? Parfois, tes lèvres tétaient un sein imaginaire. Tes cheveux bruns contrastaient avec ta peau diaphane. Je ne me lasserai jamais de ce spectacle.

Autour de toi, le tableau blanc te souhaitait une bonne journée, encouragé par un dauphin qui n'y ressemble pas, des photos de nous te souriaient, et la plage de Biarritz t'offrait son meilleur profil. J'ai tenté de capturer les détails, peut-être étaient-ce tes dernières heures dans ta première chambre.

La voix du docteur Bonvin est entrée dans ton box avant lui. Son ton enjoué a suffi à me fournir

311

l'information. On passait en chambre mère-enfant. On posait un orteil dehors.

On a déménagé dans l'après-midi. Notre nouveau chez-nous comportait un lit bas, une salle d'eau avec toilettes, un grand lavabo pour tes bains, une table à langer, des placards et tout le matériel médical nécessaire. Par la fenêtre, tout Bordeaux nous faisait la révérence. J'ai accroché le poster de Biarritz.

— Vous êtes prête ? m'a demandé Florence.

— Prête.

Et la machine s'est éteinte. Tu n'es plus branchée.

On te laisse la sonde gastrique et les électrodes, tu seras reliée à un scope portatif pendant tes premiers repas, pour s'assurer que tu les supportes bien, mais c'en est fini des sonneries glaçantes.

— Ça va aller, a souri Florence. Tout va bien se passer.

Je n'ai pas eu besoin de parler, elle a saisi les émotions contradictoires qui se percutaient en moi. J'étais soulagée et heureuse de ce pas supplémentaire vers ta liberté, pourtant, un sentiment d'angoisse diffus s'est emparé de moi. Désormais, rien ne nous préviendrait si quelque chose fonctionnait mal dans ton petit corps. On ne saurait pas si ton rythme cardiaque chutait, on ignorerait si ta saturation décrochait. Les bips me terrorisaient, mais, lorsque la machine était silencieuse, j'avais la certitude rassurante que tu allais bien. Désormais, la seule chose qui me rassurera, c'est le temps. Dans une semaine, un mois ou un an, quand les jours se seront écoulés sans obstacle, la confiance se couchera dans le lit de l'angoisse et prendra toute la place.

Ton papa est arrivé directement après le boulot. C'était la première fois qu'on se retrouvait seuls, tous les trois, dans l'intimité d'une vraie chambre, avec une vraie porte. On t'a donné le bain. Il te tenait pendant que je te savonnais, ça glissait, on avait peur de te faire tomber, tu as gardé les sourcils froncés tout le long et, nous, on riait comme des enfants. Il t'a enfilé le body, moi le pyjama, on a encore une grosse marge de progression devant nous, tu as failli y laisser un bras et garder la tête coincée dans une encolure. Tu as mis du temps à t'endormir, tu râlais beaucoup, tu as vomi sur ta tenue propre, pourtant on était béats.

On vivait une première fois normale de parents normaux.

69

Élise

Charline est partie ce matin. Je l'ai accompagnée à l'aéroport avant d'aller travailler. Elle avait hâte de retrouver Harry. Avant d'embarquer, elle m'a annoncé qu'ils viendraient passer Noël ici. Je l'ai regardée s'éloigner d'un pas assuré, avec sa valise et ses talons hauts. En transparence, j'ai vu ma petite fille sautillante qui me souriait.

Je n'ai pas pleuré devant elle. Je me suis rattrapée après. Pendant vingt minutes, sur le parking, j'ai laissé couler ma nostalgie, mon manque d'eux, mon déchirement, mes souvenirs, mes plus puissantes années. Édouard s'est hissé sur mes cuisses et y est resté jusqu'à ce que les larmes se tarissent.

Je pénètre dans mon bureau avec une demi-heure de retard. Cela ne m'arrive jamais, mais madame Madinier ne peut laisser passer l'occasion :

— J'ai cru que vous prolongiez le week-end.

Je l'ignore et j'embrasse Nora. Olivier, son casque sur les oreilles, me dévisage avec un sourire narquois. Je lève les yeux au ciel. Depuis un an qu'il travaille ici, je n'ai quasiment jamais entendu le son de sa voix, mais son regard arrogant est loquace. J'ai essayé de sympathiser, au début, mais j'ai rapidement renoncé. Son dédain m'a fait comprendre que nous n'appartenions pas au même monde.

Je déjeune avec Nora, dans le parc. Édouard renifle de nombreux derrières. À plusieurs reprises, j'ai le sentiment qu'elle s'apprête à lancer une discussion, mais elle se contente d'aborder des sujets d'actualité.

À notre retour, un amas de petits morceaux de plastique blanc m'attend sur mon bureau. Je n'ai pas le temps de résoudre l'énigme, Olivier me donne la solution :

— Ton chien a bouffé mon casque.

— Qui dit que c'est mon chien ? je réplique, sur la défensive.

— C'est pas très grave, intervient Nora. Ne vous engueulez pas, sinon la cerbère va rappliquer.

— Les morceaux étaient sous ton bureau, rétorque Olivier. À moins que ce soit toi...

— Très drôle. Donc, ton casque était par terre ?

— Il a dû tomber. J'ai pas vu quand ça s'est passé. J'ai rien dit à Madinier, mais fais gaffe, à l'avenir.

— Allez, calmez-vous, insiste Nora.

— Je suis très calme, je réponds. C'est lui, il est aussi accessible qu'une ceinture de chasteté.

Le rouge envahit son visage, mais il n'a pas le temps de riposter. Madame Madinier revient, je fais disparaître les restes du casque dans la poubelle, tandis qu'Olivier en attrape un autre dans la réserve, puis chacun s'attelle à ses tâches, sans desserrer les dents jusqu'au moment de partir.

Je quitte le bureau sans demander mon reste.

J'ai une mission à accomplir.

Je me gare devant le long bâtiment blanc, posé dans un parc boisé. Je demande à Édouard de m'attendre sagement, je n'en ai pas pour longtemps. Je laisse la vitre entrouverte. La jeune femme de l'accueil me renseigne, je longe les couloirs jusqu'à la porte numéro 34. Je frappe, une voix m'autorise à entrer.

Madame Di Francesco est étendue sur son lit, en compagnie d'une émission de télé. Elle fronce les sourcils en me reconnaissant :

— Qu'est-ce que vous faites là ?

J'extirpe la photo de mon sac et la lui tends :

— Je me suis dit que ça vous ferait plaisir. Il est dans une bonne famille. Apparemment, il a déjà pris ses marques.

Ses yeux s'emplissent de larmes. Sur le cliché que m'a envoyé son nouveau maître, Apple est entouré des deux enfants.

— Vous m'emmenez faire un tour dehors ? Il faut les supplier, ici, pour qu'ils nous fassent sortir.

J'appelle une aide-soignante, qui l'installe dans son fauteuil roulant. Sur sa table de chevet, la photo en noir et blanc d'un jeune garçon me tenaille le cœur.

Il fait frais, dehors. J'ajuste le plaid sur ses cuisses. Pendant un long moment, nous nous promenons dans les allées du parc, Édouard à nos côtés. Je lui raconte quelques anecdotes, mais elle n'y semble pas réceptive. Elle observe les arbres en silence.

— J'ai envie de rentrer, lâche-t-elle soudain.

Je dépose Édouard dans la voiture et ramène la vieille dame dans sa chambre. Son visage est fermé. Pendant que l'aide-soignante la réinstalle dans son lit, je lui murmure à l'oreille :

— Tous les soirs, je mets des carottes râpées dans la boîte de monsieur Lapin.

Son regard s'illumine.

— Vraiment ?

— Vraiment.

Elle sourit presque.

— C'est un méchant. Il avait rudoyé mon pauvre mari, une fois, pour une place de parking. Il ne me manque pas, celui-là. Vous savez que je ne reviendrai pas ?

— Votre nièce me l'a appris.

— Elles se débarrassent de moi. Si ma sœur les voyait, elle se retournerait dans sa tombe.

Elle replonge dans le mutisme. Je dépose une poignée de glands sur sa table de chevet, juste à côté du cadre.

— Au revoir, madame Di Francesco.

— Au revoir, mademoiselle Duchêne. À bientôt, peut-être.

Je referme la porte doucement et demeure un moment, plantée dans le couloir. La prochaine fois, je lui apporterai une vidéo d'Apple.

70

Lili

Je n'ai pas fermé l'œil de la nuit. Je l'avais tant attendue. La première avec toi.

Tu as mis du temps à t'endormir, tu devais ressentir le changement. Je t'ai bercée en arpentant le long couloir, acte banal qui nous était jusque-là interdit à cause des branchements. Je ne montrais rien, je me concentrais pour rester de marbre, pourtant, à l'intérieur, c'était le Macumba. Tu as fini par sombrer, je t'ai déposée dans ton berceau, me suis allongée sur mon lit et, à travers le plexiglas, je t'ai contemplée, sans cesser de sourire.

On dit que les nourrissons sont connectés à leur mère, et tu as eu à cœur de me prouver que c'est vrai. La première fois que le sommeil m'a envahie, tu t'es mise à pleurer. La deuxième fois, tu as toussé. La troisième fois, tu as gémi. La quatrième, tu as pleuré. La cinquième, tu as régurgité. La sixième, tu as geint. La septième, tu as pleuré. La huitième, tu as grincé. La neuvième, tu as sursauté. La dixième, tu as pleuré, j'ai sursauté, gémi, geint, grincé, pleuré. Il était trois heures du matin quand j'ai compris qu'il valait mieux renoncer.

Je me suis levée, t'ai prise dans mes bras, j'ai enfilé mes claquettes et j'ai traversé le couloir pour aller remplir mon pichet d'eau dans la salle des familles. La maman de Clément était allongée sur le canapé. Elle m'a lancé un regard noir.

— Désolée, je ne voulais pas te réveiller.

— Je ne dormais pas.

Je lui ai servi un verre d'eau.

— Ça se passe bien ? elle m'a demandé.

— Très bien, il faut juste que je m'habitue à tous ces petits bruits. J'ai donné naissance à un bébé orchestre !

Elle a pouffé. Je me suis assise à ses côtés.

— Tu sais que j'avais peur de toi ?

Je pensais qu'elle allait s'en étonner, ne pas comprendre, mais elle a acquiescé :

— Je sais.

— Comment ça, tu sais ?

— Tu aurais vu ta tête, à chaque fois que tu me croisais, on aurait dit une dinde le jour de Noël.

— Et toi, il ne te manquait que la machette. Tu me regardais comme si tu hésitais sur la méthode d'abattage.

— Ça aussi, je le sais. Je ne suis pas très sociable en général, alors, en ce moment, c'est pire. J'aime bien les gens, mais à distance. Avec cette tête de tueuse en série, je suis tranquille, personne ne me demande l'heure.

— Ah ça, aucun risque ! Une fois, je me suis retrouvée dans l'ascenseur avec toi, j'ai failli faire une descente d'organes.

— Je m'en souviens, tu étais au bord de l'évanouissement. C'était la fois où je venais de déchiqueter une infirmière avec les dents. Elle avait osé me dire bonjour.

— Quel toupet.

— Y a plus de respect. Pas plus tard qu'il y a cinq minutes, une inconsciente a fait l'erreur de me servir un verre d'eau. Je vais être obligée de la faire disparaître.

Je me suis levée et j'ai fait mine de m'éloigner. Elle riait de bon cœur, mais elle a dû s'en rendre compte, alors elle s'est brusquement interrompue. Je me suis rassise :

— Je ne te ferai pas de câlin, j'aurais trop peur de me prendre un coup de boule, mais le cœur y est. Quand le sort de ma fille était encore incertain, les rares fois où j'ai ri, j'ai ressenti une culpabilité terrible.

Elle a haussé les épaules :

— Je sais que ça ne changera rien, mais je m'en veux. J'ai même du mal à manger. Tout ce qui me procure un peu de plaisir me rappelle que mon fils n'y aura peut-être pas droit.

Aucun mot n'aurait pu la consoler, alors je suis restée là, assise à côté d'elle, en silence. Tu t'étais rendormie. Elle a fini par se rallonger, elle a posé la tête sur l'oreiller qu'on lui avait offert, puis a soupiré :

— Allez, laisse-moi dormir, sinon je vais devoir te transformer en rillettes.

Charline et Thomas

Charline
17 h 13

Bon courage pour ton vol, Mamoune ! Ça va bien se passer, t'inquiète. Gros bisous, je t'aime !

17 h 14

Pourquoi tu me dis « je t'aime » comme si j'allais mourir ?

Charline
17 h 28

Hahaha ! Mais non, c'est juste parce que je t'aime !

Thomas
17 h 31

Bon vol, Mam ! Je t'aime aussi.

17 h 37

Ravie de voir que je peux compter sur vous pour me rassurer. Petits ingrats. Bises. Maman

17 h 38

Je vous aime, au cas où.

71

Élise

Je n'ai rien contre les avions, mais je pense qu'ils méritent la peine de mort.

On n'a pas idée de provoquer de telles frayeurs. Avant aujourd'hui, je l'ai pris à quatre reprises. À chaque fois, je me promettais de ne jamais recommencer. Assise sur mon siège, entre un ado et une dame âgée, je me demande pourquoi mes proches ne m'ont pas plutôt offert un tour de Bordeaux en petit train.

Je tente d'occuper mon esprit en lisant, pour faire croire à la peur que je l'ai oubliée, mais elle se rappelle à mon bon souvenir sous les traits de ma voisine :

— Je me suis tiré les cartes avant de partir, ça ne m'a pas rassurée, me déclare-t-elle. Vous savez qu'il n'y a quasiment aucune chance de réchapper à un crash d'avion ?

J'opine poliment de la tête, puis je replonge dans ma lecture.

— Il paraît qu'on meurt avant de toucher le sol. C'est réconfortant, on ne souffre pas.

D'un regard, je lui fais comprendre que je suis plus dangereuse que l'avion. Il fallait que je tombe sur la veuve de Nostradamus. J'enfile le casque de mon téléphone et je fais semblant d'écouter de la musique. Le stratagème fonctionne, elle ne m'adresse plus la parole de tout le vol. En revanche, mon angoisse me fait la conversation jusqu'à la dernière seconde.

Il fait nuit lorsque nous arrivons. Je suis les instructions envoyées par Charline. La navette me dépose à Piazzale Roma, puis j'emprunte le bateau-taxi jusqu'à mon hôtel. Je ne distingue pas grand-chose, Venise est enveloppée de brouillard. La découverte de la ville attendra demain.

Ma chambre se trouve au deuxième étage. Sa petite taille, ses tentures écrues et son grand lit garni de coussins me la rendent immédiatement confortable. Je pose ma valise et m'assois sur le lit. Les consignes de ma fille s'arrêtent ici. À partir de maintenant, je décide.

Je reste là un moment, à réfléchir à ce que j'ai envie de faire. J'ai épluché un guide et effectué des recherches sur Internet, mais, à cet instant précis, seule dans un pays que je ne connais pas, loin de mes repères, je me sens perdue. C'est mon estomac qui me donne l'impulsion de sortir. Il est encore tôt, je devrais pouvoir trouver un restaurant.

Il y a du monde dans la rue. Des couples, essentiellement. Quelques groupes d'amis. Ça parle anglais, français, allemand, et d'autres langues que je n'identifie pas, mais rarement italien. Toutes ces personnes ensemble font enfler mon sentiment de solitude. Dans mon imagination, c'était réjouissant de voyager seule. Je me voyais déambuler le long des canaux, faire halte sur le pont des Soupirs, déguster un tiramisu en terrasse, être entourée de pigeons sur la Piazza San Marco. Dans la réalité, je n'ai qu'une envie : rentrer chez moi, retrouver mes repères, entendre des voix familières, croiser des visages connus.

Je jette mon dévolu sur une petite baraque qui propose des pizzas à emporter. J'en choisis une au hasard et je regagne ma chambre au pas de course. Je passe la soirée à lire, avant de glisser dans un sommeil agité, interrompu à deux reprises par les ébats de mes voisins. Demain matin, je prends un vol retour.

72

Lili

Depuis ce matin, je te nourris sans l'aide de personne. Tu te réveilles quand tu as faim, encore un objectif atteint, je t'installe contre moi, c'est un peu laborieux, mais on fait une équipe de choc, toi et moi. Bientôt, j'arriverai à dégainer le sein tout en te positionnant, sans inonder mon tee-shirt et tes joues. Tu t'endors souvent pendant la tétée, alors je te stimule, je te caresse la joue, te chatouille les pieds, et tu redémarres jusqu'à la pause suivante. La puéricultrice n'intervient qu'ensuite, pour remplir de lait la seringue qui sera injectée dans ta sonde gastrique et relier tes électrodes au scope, le temps du repas. Quand tu n'auras plus besoin de complément, que tu prendras du poids uniquement grâce aux tétées, on pourra partir. Florence pense que, d'ici la fin de la semaine, on devrait être à la maison.

La psychologue est passée en fin de journée. Elle m'a demandé ce que je ressentais, à l'approche de la sortie. Je n'ai pas eu à réfléchir, un souvenir s'est imposé à moi.

J'avais huit ans. J'étais à la piscine municipale avec ma mère, enceinte de mon frère. Je savais nager depuis peu, en tout cas, en battant des bras et des jambes, j'arrivais à ne pas couler. Habituellement, je me contentais du petit bain. Mais, ce jour-là, j'ai eu envie d'aventure. Je suis montée sur le plongeoir le plus bas. Sous mes pieds, l'eau dansait, je ne voyais pas le fond. J'étais attirée autant qu'effrayée. Ta grand-mère m'encourageait, mais je l'entendais à peine. Mon cœur cognait dans mes oreilles. Un petit garçon est arrivé derrière moi. C'était le moment : soit je sautais, soit je renonçais. J'ai pris une profonde inspiration, fermé les yeux, bouché mon nez, et je me suis envolée.

C'est comme ça que je me sens, à quelques jours de la sortie. Prête à sauter dans le grand bain.

— Ici, on a des brassards, j'ai expliqué. Au moindre problème, au moindre doute, je sonne et quelqu'un vient m'aider. Il va falloir qu'on apprenne à nager seuls.

Eva a souri :

— Avec les brassards, vous ne nagez pas vraiment, vous flottez. Sans eux, vous allez pouvoir avancer, en brasse ou en papillon, comme bon vous semblera.

Elle était restée debout. Sa silhouette se détachait devant la fenêtre. Elle a enfoncé les mains dans les poches de sa blouse :

— Je suis venue vous dire au revoir.

— On se voit demain ? j'ai demandé.

Elle a posé son regard sur toi :

— Non, je suis en congé ce soir, pour dix jours. Il est probable que vous ne soyez plus là à mon retour. Ma collègue Jessica prendra le relais.

Ma gorge s'est nouée. La fin de ton séjour en néonat commençait ici. Eva avait été le réceptacle de mes émotions les plus ambivalentes. Elle avait été ma confidente la plus intime. Elle avait été mon refuge, mon îlot, mon paratonnerre. Elle avait été l'œil de mon cyclone.

J'avais le sentiment de dire adieu à une amie et je la sentais aussi émue que moi, mais la situation nous imposait la réserve. À peine s'est-elle permis une légère caresse sur ta tête. Elle nous a souhaité une belle vie, je lui ai souhaité de bonnes vacances, et elle s'est éloignée. J'aurais voulu trouver les mots pour lui exprimer ce que je ressentais, à quel point elle avait compté, elle approchait de la sortie, elle ne devait pas partir sans savoir, alors j'ai ouvert la bouche, et la phrase la plus improbable s'en est échappée :

— Merci pour tout. Vous êtes un excellent brassard.

73

Élise

Je viens de me réveiller quand on frappe à la porte. Une femme souriante dépose sur mon lit un plateau garni d'un petit-déjeuner gargantuesque et ouvre les rideaux. Le soleil se déverse dans la chambre.

— *Buon appetito, signora !* lance-t-elle avant de sortir.

Je me lève et me dirige vers la fenêtre. Le brouillard s'est dissipé. En bas, une ruelle pavée résonne sous les pas des badauds. Au pied de l'immeuble d'en face, parsemé de volets verts, un homme joue de la musique avec des verres. Le tableau est nettement moins menaçant qu'hier.

Je ne suis toujours pas décidée, mais l'urgence de fuir n'est plus aussi forte. J'enfile une robe, des baskets, et je pars à l'assaut de ma peur.

La première chose qui me saisit, c'est le bruit. Il est différent ici, presque silencieux. Il me faut plusieurs secondes pour comprendre que ce qui change, c'est l'absence de voitures. Les voix se réverbèrent contre les façades blanches, l'eau clapote, les bateaux bourdonnent, les chansons flottent, les oiseaux roucoulent. Je débouche rapidement sur une immense place, que je reconnais aussitôt : la Piazza San Marco. Elle est impressionnante, avec sa tour qui chatouille le ciel, le palais des Doges et la majestueuse basilique. Les touristes euphoriques se prennent en photo au milieu des pigeons. Je me rends au centre de la place, fais un selfie et l'envoie aux enfants. Charline me répond immédiatement : « Trop de chance, il pleut ici ! Profite, Mamoune. »

C'est le déclic. Elle a raison. J'ai de la chance. Alors, même si je ne suis pas totalement sereine, même si je sursaute dès qu'on me bouscule, même si, à certains moments, la mélancolie me tient compagnie, je décide de m'offrir les clichés que j'imaginais.

Je prends le vaporetto.

Je passe sous le pont du Rialto en gondole.

Je sirote un spritz sur l'île de la Giudecca.

Je déambule en admirant les sublimes demeures le long du Grand Canal.

Je mange deux glaces.

Je monte au sommet du Campanile.

Je visite la basilique Saint-Marc.

J'ai des ampoules plein les pieds quand dégringole le jour, mais je suis fière de moi. J'ai passé la journée à faire uniquement ce que j'avais envie de faire. Parfois, un étrange sentiment, comme si j'avais oublié quelque chose, surgissait, avant de disparaître. Je n'avais que moi à contenter. Ce n'est pas désagréable, juste différent, et cela ouvre le champ des possibles.

Je suis capable de voyager seule. Je suis capable d'aller au cinéma seule. Je suis capable de vivre seule. C'est étourdissant, toute cette liberté qui s'offre à moi.

Je rentre me doucher à l'hôtel avant d'aller dîner. Je trouve une table dans un restaurant pittoresque conseillé dans mon guide. Le serveur me place près de la baie vitrée, qui offre une magnifique vue sur la lagune. Il parle un peu français et a visiblement envie de s'exercer.

Aux antipastis, il me demande comment une *ragazza* aussi belle peut être seule.

Aux spaghettis, il me demande si j'ai prévu quelque chose, après.

Au tiramisu, il me demande si je veux l'épouser.

Je refuse, et je commande une autre part.

J'ai connu deux hommes, après mon divorce. J'ai rencontré le premier au mariage de mon frère. Il était drôle et sensible, j'aimais sa compagnie, mais je n'étais pas amoureuse. C'était trois ans après ma séparation, et je n'étais pas encore prête. Le second était un consultant intervenant dans mon entreprise. Charmant aux premiers rendez-vous, il est rapidement devenu exclusif. Il ne comprenait pas que je ne daigne pas faire garder mes enfants tous les soirs, pour le voir. J'ai mis un terme à notre relation, il m'a envoyé des messages pendant trois mois, tantôt pour me déclarer son amour éternel, tantôt pour m'annoncer que je n'allais pas m'en sortir si facilement. Il a fini par se rabattre sur une autre proie. Trouver l'amour ne fait pas partie de mes projets. Peut-être qu'un jour je rencontrerai quelqu'un qui me donnera envie de partager mon tiramisu, ma brosse à dents et mes émotions, mais, pour l'instant, je vais faire connaissance avec moi-même.

74

Lili

La maman des triplés est arrivée avec une vingtaine de gâteaux. On s'en est étonnés, où trouvait-elle le temps de préparer autant de choses avec deux bébés à la maison et un autre à l'hôpital, elle a soupiré :

— C'est simple, j'ai pas fermé l'œil de la nuit. Quand elles pleurent, je ne dors pas à cause du bruit, et quand elles ne pleurent pas, je ne dors pas à cause de l'angoisse. J'ai des cernes tellement creusés que je peux y ranger des trucs. Alors je cuisine, quitte à être éveillée. Vous n'en voulez pas ?

Ses pâtisseries étaient devenues l'attraction du service. Il y en avait toujours à disposition, dans la salle des familles. Les autres parents et les membres du personnel venaient régulièrement s'en régaler, si bien qu'elle avait acquis un nouveau surnom : « la maman aux gâteaux ». Elle n'en était pas peu fière.

Mes préférés étaient les zlabias, des sortes de beignets inondés de miel à la fleur d'oranger.

Le papa de Milo a pris une corne de gazelle et l'a fixée, l'air extatique.

— Ma femme sort demain, il a murmuré.

On a fêté ça au jus de pomme. Il a ouvert son sac à dos et en a extirpé une chemise en carton. À l'intérieur, des dessins d'enfant. Il en a distribué un à chacune de nous :

— Ma fille me pose beaucoup de questions sur vous, depuis qu'elle vous a croisées l'autre jour. Elle a voulu tout savoir sur vos bébés. Ce matin, quand je suis parti, elle m'a demandé de vous donner ça.

Maëlle avait écrit ton prénom en gros, une couleur différente pour chaque lettre. Tu avais un buste disproportionné et des jambes comme des lacets, debout entre deux bonshommes, sans doute ton papa et moi. On se trouvait dans un bâtiment carré sur lequel était inscrit « NÉNONATE », en lettres capitales. Au-dessus du toit, un arc-en-ciel nous protégeait de la pluie.

La petite fille de cinq ans avait tout compris.

On a passé un moment ensemble, tu étais à nos côtés, endormie dans ton berceau sur roulettes. Il avait la saveur des dernières fois, un doux mélange de mélancolie et d'espoir.

Ton papa est arrivé tard. Il s'était arrêté chez tes grands-parents. C'était la première fois qu'il les revoyait. Ils ont agi comme avec moi, le jour où ils sont venus te voir : comme si rien ne s'était passé. Il n'a pas osé aborder le sujet. Ils ont pris de tes nouvelles, lui ont confié un nouveau doudou pour toi, se sont inquiétés de ma fatigue, ont suggéré de cesser l'allaitement, afin que je reprenne des forces. En le

raccompagnant à la voiture, ta grand-mère lui a soufflé qu'elle était désolée. Ses mots avaient dépassé sa
pensée. Elle n'aurait jamais dû évoquer ma mère. Il
l'a embrassée, soulagé.

— J'espère qu'elle ne me poussera plus jamais à
bout, elle a ajouté.

Il m'a tout raconté, sans chercher à les protéger,
sans se donner le beau rôle. Je le sentais ému. Il ne
me lâchait pas les mains.

Il avait prévu de rentrer tôt. Il avait une machine à
faire tourner et les draps à changer. Pourtant, quand
je me suis glissée dans le lit, alors que tu venais de
t'endormir, il s'est déshabillé et m'a rejointe. Il m'a
serrée de toutes ses forces, et a chuchoté :

— Quand j'ai vu mes parents, j'ai pris conscience
que j'avais beaucoup de chance.

Son souffle caressait mon cou. Il a marqué une
pause, puis a poursuivi :

— Ma famille, c'est vous.

Charline et Thomas

9 h 42

Ciao mes chéris, c'est mamma. Tout se passe bien ici. Les Italiens sont proches de leur mère, à titre d'information. Bises. Maman.

Thomas
10 h 29

Ouais, mais elles ne font pas cramer les lasagnes.

10 h 31

Ça ne m'est arrivé qu'une fois !

Charline
10 h 33

Avec des surgelées. Au micro-ondes.

10 h 35

Vous ne méritez pas mes césariennes. Bises. Maman

75

Élise

Depuis l'avion, j'observe Venise qui rapetisse. Ce matin, après une nuit rythmée par les vocalises de mes voisins de chambre, j'ai emprunté le vaporetto pour visiter l'île de Murano. Je l'ai quittée chargée de bijoux en verre pour mes proches.

J'ai flâné dans les rues escarpées, je me suis laissé guider par les odeurs, les voix, je me suis perdue dans des coins où le silence se cachait, et j'ai rejoint l'aéroport en me promettant de revenir vite, mais pas avant d'avoir découvert l'Écosse, l'Irlande, la Scandinavie, et tant d'autres. Je vais devoir m'habituer à l'avion.

Je suis assise entre le hublot et un jeune homme, casque sur les oreilles, qui fredonne des chansons dont les paroles pourraient avoir été écrites par Édouard. Je me concentre sur le paysage. C'est beau, vu d'ici. Immense et minuscule. Mon cœur s'emballe, nous sommes beaucoup trop haut. Je m'empare de ma lecture en cours dans mon sac et me plonge dedans. Porté par les mots, mon rythme cardiaque s'apaise.

Il ne me reste que quelques pages quand nous atterrissons, accompagnés par le soleil qui se couche. Je regagne ma voiture et pars retrouver celui qui m'a tant manqué.

Édouard et sa langue me font la fête comme si on ne s'était pas vus depuis un siècle.

— Je suis contente que tu le récupères, ce chien est une diarrhée sur pattes ! me lance Nora en refermant la porte de son appartement sur nous.

Je ris :

— Je t'avais prévenue. Merci de l'avoir gardé.

— C'était chouette, en vrai. Édouard est cool, il m'a donné envie d'en prendre un.

Mariam apparaît dans l'encadrement de la porte du salon :

— On s'est dit que t'aurais pas mangé, alors j'ai préparé un petit truc. Ça te tente ?

Bien sûr, que ça me tente. C'est exactement ce dont j'ai besoin, pour me remettre de mes émotions. Je suis bouleversée qu'elles se soient réunies pour m'accueillir.

Je leur raconte mon périple, Mariam s'enquiert de la gastronomie, Nora veut tout savoir sur les Italiens. Je leur offre les colliers achetés à Murano, jaune pour Mariam, bleu pour Nora, elles les attachent à leur cou.

Posé écran contre la table, le téléphone de Nora ne cesse de sonner. Elle prend soin de ne pas le retourner et rougit en croisant mon regard.

— Tout va bien ? je m'enquiers.

— J'ai un truc à vous avouer.

— Je sais, mon omelette est trop cuite, on dirait du polystyrène.

Nora est hilare :

— Mais non ! Enfin si, mais c'est pas ça que je veux vous dire. Je vais emménager avec quelqu'un.

— Avec un chien ? je demande.

— Non, avec un homme ! J'espère qu'il ne fera pas ses besoins par terre.

Nous nous réjouissons avec elle de cette nouvelle et la bombardons de questions. Qui est-il, depuis quand, a-t-elle des photos, que fait-il ? Elle reste évasive, mystérieuse, puis finit par préciser que je le connais bien.

Je manque de m'étouffer avec le polystyrène. Mon cerveau analyse rapidement nos connaissances communes, et un seul nom me vient. Thomas. Mon fils sort avec mon amie. Je ne me suis doutée de rien. Je ne suis pas certaine de ce que je ressens, mais je préfère la mettre en garde :

— Si tu le fais souffrir, je serai obligée de t'enterrer sous un crumble de quinoa.

Nora semble surprise de ma réaction, mais ne s'y attarde pas, trop heureuse de pouvoir enfin nous confier les détails de sa relation. Leurs longues discussions. Leur complicité. Leurs projets. Leur attirance sexuelle.

— C'est un bon coup ? s'intéresse Mariam.

— Oh là là, tu n'as pas id…

Je l'interromps :

— Nora, je t'adore, mais je ne tiens pas à connaître les détails de tes ébats avec mon fils.

— Ton fils ? s'étonne Mariam.

— Ton fils ? s'étrangle Nora. T'es dingue ! Je vous parle d'Olivier, notre collègue !

Cette conversation me fait perdre dix ans d'espérance de vie.

Nora reprend l'histoire depuis le commencement. Elle et Olivier se cachent depuis huit mois. Jusqu'ici, leurs différences les poussaient à la prudence. Ils n'ont rien en commun, pourtant elle ne s'est jamais aussi bien entendue avec quelqu'un. Il est l'homme le plus gentil et doux qu'elle ait jamais rencontré, elle est folle de lui, et, quand elle l'avoue, c'est Times Square dans ses yeux.

Si j'avais dû choisir des mots pour qualifier Olivier, arrogant et bulot seraient arrivés avant gentil et doux, mais Nora est euphorique, et c'est bien là tout ce qui compte. Outre le fait qu'elle ne parte pas s'installer à Paris avec Thomas.

76

Lili

Tu devrais sortir demain.

C'est l'interne désagréable qui me l'a annoncé ce matin, juste après avoir réprimandé ton papa pour avoir dormi ici. On a eu beau lui expliquer que les puéricultrices nous en avaient donné l'autorisation, que tous les parents le faisaient, elle n'en a pas démordu.

— Ça ne se fait pas, point.

Elle a beaucoup d'arguments. Je croyais qu'il fallait un minimum d'intelligence pour suivre des études de médecine, mais, manifestement, on n'est pas tombés sur le couteau le plus aiguisé du tiroir.

C'est Laëtitia, l'auxiliaire de puériculture, qui nous a fourni les détails. Depuis hier midi, on ne te donne plus de complément après la tétée. On devrait te retirer la sonde gastrique dans la soirée. Si demain, comme ce matin, tu as encore pris du poids, on pourra partir.

Ton papa est allé travailler à regret. J'ai avalé mon petit-déjeuner devant un feuilleton allemand, il aurait pu être en VO que ça n'aurait rien changé, ma tête était déjà dehors.

Dans mes rêves, après l'accouchement, on rentrait directement à la maison sans passer par la case néonat. Les projets nous attendent là-bas, c'est ici que notre histoire a commencé. J'ignore dans quelle mesure cela a influencé les choses. Je me pose souvent la question. T'aurais-je aimée si vite, si fort, s'il n'y avait pas eu l'urgence ? T'aurais-je autant portée si ta vie n'avait pas été en jeu ? Aurais-je eu autant de patience face aux petits désagréments si je n'avais pas mesuré notre bonheur ? Aurais-je été une mère différente, sans ce début accidenté ?

Ta grand-mère – ma maman – affirmait souvent que la malchance était une chance. « Il ne faut pas contourner les obstacles, il faut leur sauter dessus à pieds joints, et en profiter pour s'envoler. » J'espère que, de là où elle est, elle nous voit prendre notre élan.

Il était près de vingt heures quand la maman de Clément a frappé. Tu dormais contre le torse de ton papa, allongé sur le lit.

— J'ai besoin de toi, tu peux venir ?

Je l'ai suivie dans le couloir. Elle marchait vite et son regard paraissait plus noir que d'habitude. Devant la salle des familles, elle m'a fait signe d'attendre et s'est glissée dans l'entrebâillement. Quelques secondes plus tard, la porte s'ouvrait :

— SURPRISE !

La maman de Clément, les parents de Milo et ceux des triplés formaient une belle brochette de sourires. La table était recouverte d'innombrables plats, plusieurs paquets cadeaux reposaient sur le canapé, et une banderole avec l'inscription « Joyeux anniversaire ! » était accrochée au mur. Le papa de Milo m'a expliqué qu'ils en avaient cherché une avec « Bon retour ! », en vain.

J'ai souri, j'ai pleuré, j'ai gloussé, j'ai pleuré. La maman des triplés m'a tirée vers la table avec entrain :

— Tu croyais quand même pas qu'on allait te laisser partir comme ça. C'est notre dernier repas ensemble, tu vas ingurgiter assez de calories pour traverser les deux années à venir.

Ton papa et toi nous avez rapidement rejoints. On a mangé le meilleur couscous de la galaxie. Les puéricultrices et auxiliaires présentes, ainsi que d'autres parents, sont venus trinquer.

Les heures se sont écoulées, avec la simplicité des soirées entre amis. C'était l'un de ces moments dont on sait, à l'instant où on les vit, qu'ils resteront gravés. Le rire de la maman des triplés. L'odeur des épices. Le sourire du papa de Milo. Les confidences de la maman de Clément. Le carrelage blanc. Le canapé usé.

J'ai revu nos premières rencontres, quand on se jaugeait de loin. Quand je n'avais qu'une hâte : quitter cet endroit que j'exécrais. Si le papa de Milo ne s'était pas effondré devant nous, j'aurais agi comme j'ai pris l'habitude de le faire. Je ne leur aurais pas adressé la parole. J'aurais tout fait pour ne pas avoir à subir une conversation avec un inconnu. Je me serais enfermée dans ma bulle, imperméable aux autres. Je serais passée à côté d'eux.

Il était tard quand on est descendus. Un croissant de lune nous éclairait comme un sourire.

— T'as bien pris ton couteau ? s'est enquis le papa de Milo.

— Je l'ai toujours sur moi, a répliqué la maman de Clément.

Personne ne s'en est étonné. Elle l'a déplié, et, à tour de rôle, à côté des prénoms de nos enfants, on a gravé les nôtres. Le papa des triplés faisait le guet, et nous pas les fiers. Le papa de Milo se moquait de nous :

— Vous ne risquez pas la prison pour des dessins sur un banc, bande de délinquants aux mains désinfectées !

C'est le premier à avoir pris ses jambes à son cou quand on a entendu des pas dans les feuilles mortes. On a tous suivi en poussant des petits cris entre deux éclats de rire.

Il était plus de minuit quand les parents de Milo, ceux des triplés et ton papa sont partis. La maman de Clément nous a raccompagnées jusqu'à la chambre, tu t'étais endormie.

— Je vais aller passer un peu de temps avec Clément, elle a murmuré devant la porte.

— D'accord. Fais-lui un câlin pour moi.

Elle a pris une inspiration, comme si elle s'apprêtait à parler, puis elle a refermé la bouche et, brusquement, m'a enlacée.

— Merci pour tout, elle a soufflé.

Tout aussi brutalement, elle m'a lâchée et elle s'est éloignée vers le box 6, rejoindre le grand amour de sa vie.

Charline et Thomas

7 h 32

Mamoune, tu es bien rentrée ? Je m'inquiète, tu n'as pas répondu hier soir.

8 h 04

Coucou mes chéris. Désolée, j'ai passé la soirée avec Nora et Mariam, je suis rentrée tard. Le retour s'est bien déroulé. On s'appelle vite. Bises. Maman

11 h 49

Ce monde part en couille. Mam ne pense plus à nous.

11 h 50

En testicule, chéri. Ce monde part en testicule. Bises. Maman

77

Élise

Thomas m'appelle rarement. Par conséquent, quand son nom s'affiche sur mon écran, alors que je suis en train de dîner, j'imagine le pire.

— Salut, Mam !

— Tout va bien, chéri ?

— Oui, oui, j'avais juste envie de t'entendre.

Je connais cette voix. Il avait la même, enfant, quand la mélancolie l'envahissait. « Tu m'aimeras toujours, hein, maman ? » me demandait-il parfois, après l'histoire du soir. Je le rassurais. Je t'aimerai toujours, et même après, mon tout petit.

— Il s'est passé quelque chose ?

— Non, rien. T'inquiète, c'est juste un coup de mou. Des fois, je me sens un peu seul.

Mon fils est un hypersensible. Ses émotions débordent souvent, ses angoisses l'étranglent parfois. Il aime plus fort, s'inquiète plus fort, a mal plus fort, se contrarie plus fort. J'en ai passé, des heures, à l'entendre s'extasier, parce que la lune était pleine, parce que son nouveau vélo lui plaisait, parce qu'il arrivait à jouer un morceau de guitare, parce que la fille lui avait souri. J'en ai passé, des heures, à le réconforter, parce qu'il avait fait un mauvais rêve, parce qu'il s'était écorché le genou, parce qu'il avait compris qu'on allait mourir, parce que la fille l'avait quitté. Au fil des ans, il s'est tricoté une carapace de nonchalance, il a appris à manier l'ironie, mais je sais ce qui se cache dessous.

Si je le pouvais, je sauterais dans la voiture et j'irais le rejoindre. Je voudrais tellement que mes enfants vivent à deux rues d'ici. Mais ce n'est pas le cas, donc il faut développer d'autres stratégies.

— Tu ne fais rien ce soir ? je demande.

— Non. Mes potes sortaient, j'avais pas envie.

— J'ai une idée, chéri. On va passer la soirée ensemble.

Dix minutes plus tard, attablée dans la cuisine, mon ordinateur portable posé face à moi, je reprends mon repas où je l'avais laissé.

— Tu manges quoi ? interroge mon fils dans l'écran.

— Une salade de lentilles, et toi ?

— Des pâtes bolo.

Il me montre la boîte en carton qui contient son plat. Il a retrouvé le sourire.

Pendant plus d'une heure, nous discutons comme avant, comme s'il était là. Il évoque ses cours, plus difficiles qu'il ne l'avait imaginé. Le petit groupe de rock qu'il est en train de monter avec ses amis. Ils ont trouvé un bar qui accepte de les laisser jouer. Sa

354

rencontre avec *elle*, mais c'est compliqué, ils ne se voient pas aussi souvent qu'il le voudrait. Il prend des nouvelles de moi. S'étonne en riant que je parvienne à vivre sans lui. M'annonce qu'il viendra, comme sa sœur, passer les vacances de Noël avec moi.

À la fin du repas, je coupe une tranche de pain et dépose un carré de chocolat dessus, avant de l'enfourner. De l'autre côté de l'écran, il fait la même chose.

Notre rituel se transforme en petit moment extraordinaire.

C'est peut-être cela, le bon côté de l'éloignement. Être ensemble est tellement rare que l'on en mesure la valeur. Cette tartine-là n'a pas la même saveur que toutes les autres. Le chocolat est plus puissant, le pain plus moelleux, et le sourire de mon fils plus émouvant.

Rien n'a disparu. Rien n'a changé. Charline et Thomas sont grands, ils sont loin, mais je serai toujours leur maman.

78

Lili

Soixante grammes. C'est le poids de ta liberté.

— Sa prise de poids est suffisante pour vous laisser sortir, a annoncé Florence. Le médecin va passer vous donner les prescriptions et les recommandations.

J'ai rangé tes affaires, empaqueté les miennes, décroché le poster, posé les draps en boule au pied du lit. Une dernière fois, je t'ai donné un bain dans le lavabo blanc. Tu n'as pas desserré les poings, tu as hérité de l'amabilité de ta mère.

J'étais en train de te vêtir quand le docteur Bonvin est entré.

— Je tiens toujours mes promesses, il a déclaré.

J'ai revu le moment où il était venu me rassurer, m'affirmer que tout allait bien se passer. Il avait l'air sincèrement heureux que sa prédiction se réalise.

— Merci, docteur, j'ai murmuré, la gorge serrée. Votre bienveillance a été précieuse.

Il a haussé les épaules, comme si son attitude était normale. J'ai respecté son humilité, même si

nous savions tous deux que la générosité et la délicatesse n'étaient pas forcément fournies avec la
blouse blanche. L'interne désagréable en était un
parfait exemple. Ou le radiologue qui m'avait repro-
ché d'être trop grasse. Ou le médecin qui nous avait
expliqué, détails à l'appui, à quel point notre mère
avait dû souffrir. Ou celle qui avait demandé à ton
papy, encore sonné, s'il avait pu la pousser à com-
mettre ce geste. L'empathie ne s'apprend pas. Le
docteur Bonvin fait partie de ceux qui en sont dotés,
ils ne sont pas rares, pas nombreux non plus, ils se
cachent souvent dans des services où leur bienveillance apaise les âmes.

Il nous a souhaité le meilleur, puis est parti panser
d'autres plaies. Florence est arrivée peu après.

— Je dois aller en soins, donc je passe vous dire
au revoir vite fait. Je suis heureuse que vous rentriez
chez vous !

J'ai observé ses cheveux sombres, son sourire lumi-
neux et son regard empli de douceur. Je ne voulais
pas pleurer, j'avais maquillé mes cils, mais quand j'ai
ouvert la bouche et que je lui ai dit merci, merci infiniment, pour la patience, l'écoute, la tendresse, merci
d'avoir choisi ce travail, merci d'avoir été la bonne
fée de ma toute petite, quand je lui ai bafouillé qu'elle
allait me manquer, alors le noir a coulé sur mes joues.

J'ai repensé à ce couple, dont l'émotion lors du
départ m'avait étonnée, il y a quelques semaines.
On ne comprend vraiment les choses que quand on
les vit.

Florence a serré ma main, longtemps, sa bouche ne disait rien, mais son regard compensait, et elle a quitté ta chambre comme si on devait se revoir demain.

Il était midi quand ton papa a déboulé, ton siège auto pendu au bras. Son sourire mangeait tout son visage.

Il était l'heure de faire nos adieux.

Tu dormais, blottie contre moi. Une dernière fois, on a remonté le long couloir. Je l'avais détesté, j'avais haï cet endroit, ces murs aux couleurs pastel, ces stickers enfantins, cette odeur de désinfectant, ces sonneries incessantes, ces portes vitrées, ces bruits de chariots, ces volets baissés. Pourtant, peu à peu, c'était devenu notre premier chez-nous.

L'hôpital, que l'on imagine sinistre, où l'on espère ne jamais avoir à résider, s'est avéré être un lieu de vie. S'y percutent les émotions les plus intenses, s'y télescopent des destins abîmés. La vie côtoie la mort, la terreur cohabite avec l'espoir, la joie succède au découragement, la sensibilité est exacerbée, le bonheur déborde, le chagrin est insondable, l'insignifiant n'existe plus, l'essentiel le devient vraiment.

Les carapaces, les postures, se dissolvent. On flotte sur le même radeau, le cœur autour du cou, fenêtre ouverte sur tripes, on se rencontre sans bouclier, sans distance. Les chemins s'entrelacent, le temps d'un séjour, on se tient la main, on se livre, on se dévoile, on se comprend, on s'entraide, on s'encourage, on s'attache.

Nos colocataires de la néonat nous attendaient dans la salle des familles.

Les parents de Milo t'ont offert un album photo à compléter au fil de ton enfance. Ils avaient reçu une bonne nouvelle : ils allaient pouvoir passer en chambre parent-enfant. La maman des triplés a glissé un paquet dans la main de ton papa. Nul doute qu'il contient des gâteaux. La maman de Clément avait enfilé son regard noir.

Ils nous ont raccompagnés jusqu'aux portes battantes. On s'est embrassés et promis de se revoir.

On ne se reverra pas. Pas plus que je ne reverrai Florence, Estelle, Eva, le docteur Malois, le docteur Bonvin, Laëtitia, Selena, et tous les autres. Pourtant, je sais au plus profond de moi que je ne les oublierai jamais. Un jour, je te parlerai de ces personnes qui ne font que traverser notre vie, mais la marquent à tout jamais. Un jour, je te raconterai ces rencontres éphémères indélébiles.

79

Élise

J'arrive devant la maternité en même temps que Jean-Louis.

— C'était bien, Venise ?

Je suis étonnée qu'il s'en souvienne, j'avais brièvement évoqué mes préparatifs. Je lui raconte en quelques phrases, il s'intéresse, pose des questions, ne recule pas quand je dégaine mon téléphone pour lui montrer des photos.

— J'espère que tu as goûté le risotto à l'encre de seiche ! me dit-il alors que nous sortons de l'ascenseur.

— Même pas. Je sais que c'est une spécialité, il va falloir que j'y retourne.

Nous marchons dans le couloir, je sens son regard sur moi, de longues secondes. Il finit par lâcher :

— Je connais un excellent italien, près du jardin public, il fait le meilleur risotto à l'encre que j'aie jamais mangé. Ça te dit qu'on y aille ensemble, un de ces soirs ?

Nos regards se croisent, je souris et j'accepte. Un bon repas. Une compagnie étonnante mais agréable. L'avenir écrira la suite.

La petite Mia est encore là. Elle progresse lentement, n'arrive pas encore à téter efficacement. Je suis heureuse de la retrouver. À peine blottie contre moi, elle accroche ses yeux aux miens. Je laisse aller ma tête contre le dossier et remonte le fil de mes souvenirs, comme à chaque fois que je suis ici, face au grand bâtiment blanc.

L'entrée de Florence m'interrompt. Elle vient nourrir Mia. Elle affiche toujours son doux sourire, mais son visage marqué ne dissimule pas sa préoccupation.

— Tout va bien, Florence ?

Elle se laisse tomber sur la chaise. C'est la première fois que je vois sa façade se fissurer.

— Je suis fatiguée, souffle-t-elle. On a deux collègues en arrêt maladie, et personne pour les remplacer. L'hôpital a ouvert une nouvelle aile, mais on manque de personnel, et ce n'est pas près de s'arranger. On est à bout.

Elle lâche un long soupir. Son regard se floute :

— J'ai demandé à changer de service. J'ai choisi ce métier par vocation, je l'aime profondément, viscéralement, mais il me rend malheureuse. Parfois, parce qu'on n'a pas de place, on est obligés de faire transférer les bébés dans d'autres hôpitaux, même s'ils n'ont pas la force de faire le trajet. Et quand on peut les accueillir, on n'a pas le temps nécessaire pour s'occuper d'eux comme il le faudrait. À cause d'un manque de moyens, on met en danger la vie des nouveau-nés. Je ne peux plus assister à cette tragédie.

Je l'écoute, perméable à sa détresse. Je pose doucement ma main sur son épaule.

— Je suis désolée de vous raconter tout ça, dit-elle soudain. Mais nous avons une relation particulière, toutes les deux, n'est-ce pas ?

Les larmes me montent aux yeux :

— Vous m'avez reconnue ? Je n'ai pas osé vous en parler, j'étais persuadée que vous m'aviez oubliée, je ne voulais pas vous mettre mal à l'aise.

— J'ai mis du temps, confirme-t-elle, mais j'ai eu comme une révélation, la dernière fois, en entrant dans le box. Un flashback. On a vieilli, depuis tout ce temps ! Et puis, tout le monde vous appelait par un diminutif, à l'époque. Lili, c'est bien ça ?

80

Lili

Ton papa a garé la voiture devant la maison. J'ai passé le trajet sur le siège arrière, sans cesser de t'admirer. J'ai retenu mon souffle à chaque dos-d'âne. J'ai quelques ajustements à faire, en matière de sérénité.

J'ai remonté l'allée en te serrant dans mes bras, consciente de vivre le moment qu'on avait tant attendu.

Ton papa a ouvert la porte. Milou s'est précipité dehors.

Ils étaient tous là, autour de la table du salon. Ton papy Édouard, ta marraine Muriel, tes grands-parents, ton parrain, réunis pour t'accueillir chez toi. Toi, tu as continué à dormir, bouche ouverte contre mon épaule.

C'était bon, de les voir partager notre bonheur.

C'était bon, de les voir partir.

Je me suis installée dans le canapé, bien calée contre le coussin, et je t'ai nourrie, le regard aimanté au tien. Ton papa a fait rentrer le chat et s'est assis à côté de nous. La machine à laver ronronnait, le jour commençait à décliner, le tilleul projetait son ombre sur le parquet.

Tu t'es endormie dans notre chambre, dans ton berceau. Juste au-dessus, ton père avait accroché un tableau blanc, sur lequel il avait reproduit les dessins qui ornaient celui de ton box. Le dauphin n'allait pas mieux.

C'était un bonheur simple, un bonheur qui ne se fait pas remarquer.

J'ai ouvert le carnet jaune, et j'ai écrit ces dernières lignes. Il n'y en aura plus.

Tu ne les liras sans doute jamais. En définitive, je crois que c'est pour moi que j'ai consigné nos premiers instants. Un jour, je le pressens, j'aurai besoin de regarder dans le rétroviseur et de m'y voir, jeune, partagée entre l'appréhension et l'excitation, fermer mes yeux, boucher mon nez et sauter dans le grand bain.

Devenir mère.

Devenir ta maman.

Mon amour.

Ma fille.

Charline.

81

Élise

Je suis encore bouleversée en rentrant chez moi. Florence n'a pas oublié. L'émotion que je contiens depuis mon retour dans ce service qui m'a tant marquée me submerge.

Édouard m'attend sur le canapé. Je m'assois à ses côtés et le caresse longuement.

Ma lecture du moment est presque terminée. Il ne me reste qu'une page. La couverture jaune est intacte, le carnet est resté enfermé dans une boîte pendant vingt-trois ans. Jusqu'à ce que je ressente le besoin de me replonger dedans.

Mes larmes ruissellent à la relecture des derniers mots.

Tu ne les liras sans doute jamais. En définitive, je crois que c'est pour moi que j'ai consigné nos premiers instants. Un jour, je le pressens, j'aurai besoin de regarder dans le rétroviseur et de m'y voir, jeune, partagée entre l'appréhension et l'excitation, fermer mes yeux, boucher mon nez et sauter dans le grand bain.

Devenir mère.
Devenir ta maman.
Mon amour.
Ma fille.
Charline.

Je prends une longue inspiration. Édouard pose sa tête sur ma cuisse.

Machinalement, avant de refermer le carnet, je tourne la page. À ma grande surprise, j'y découvre quelques lignes, tracées par l'écriture de ma fille.

Mamoune, j'ai trouvé ce carnet pendant mon bref séjour chez toi. J'ai tout lu, et je voulais te dire merci. Merci de nous inonder de ton amour, de nous irradier de ta confiance. Merci de nous avoir aidés à pousser droit. Tu es une maman exceptionnelle, et je sais que tu seras une grand-mère formidable. On a une chance folle. Mais maintenant, il est temps de penser à toi. C'est la fin du chapitre, pas de l'histoire. Je t'aime de tout mon cœur.
Charline

J'essuie mes joues en reniflant. Elle a raison.

Elle était magnifique, cette période dans le grand bain. J'ai adoré voir mes enfants patauger, m'éclabousser, s'accrocher à moi quand ils n'avaient plus pied, apprendre à nager, de plus en plus loin. Mais le bassin est vide, désormais. Il est temps pour moi de sortir de l'eau et de poursuivre le chemin dans mes prochains chapitres.

Charline et Thomas

12 h 54

Bonjour mes chéris, c'est maman. Je voulais juste vous dire que je suis heureuse d'être votre maman. Bises. Maman

Charline
13 h 06

Tout va bien, Mamoune ?

Thomas
13 h 08

Ça fait beaucoup de « maman » dans le même message. T'as pas un dictionnaire de synonymes ?

14 h 00

Tout va très bien, ma chérie. Dis à ton frère que sa maman l'aime quand même. Bises. Maman

Épilogue

C'est notre rendez-vous annuel.

Nous nous retrouvons près de notre banc, devant la maternité. Nos prénoms et ceux de nos enfants y sont toujours gravés.

J'arrive en même temps que Leïla et Mohamed. Ils ont les bras chargés.

— T'as encore préparé des pâtisseries pour tout le quartier ! je m'exclame en riant.

— Tu parles, on n'en aura pas assez. Je n'ai pas eu le temps d'en faire plus, Inès m'a laissé ses jumeaux toute la journée d'hier. Je t'ai dit que Sohan allait être papa ?

Je félicite mon amie et lui apprends que Charline est enceinte. Elle me serre tellement fort que mon sang cesse de circuler.

L'énergie de Leïla semble se décupler au fil des années. Non seulement elle a élevé trois enfants du même âge, mais chacun pratiquait au moins un sport et un instrument de musique. Elle a cinquante-cinq ans, et ses petits-enfants n'arrivent pas à la suivre.

Frédéric et Alice sont les suivants. Je suis heureuse de les voir ensemble. L'année dernière, il était seul, ils traversaient une zone de turbulences. À mon anniversaire, Frédéric m'a confié qu'ils se laissent une seconde chance.

— Comment vont les enfants ? s'enquiert Leïla en les embrassant.

— Maëlle se marie au mois de mai, répond Alice, et Milo, comme d'habitude. Toujours à la maison, toujours entre deux boulots, toujours entre deux copines.

— On l'a tellement voulu qu'on va le garder jusqu'à ses cinquante ans ! s'amuse Frédéric. Oh, voilà Sophie !

Elle est accompagnée d'Alexis. Elle l'a rencontré deux ans après notre passage ici. Ensemble, ils ont eu deux garçons et une fille. Elle contourne le trottoir en soupirant :

— Peut-être qu'un jour on trouvera des trottoirs adaptés.

Dans le fauteuil roulant qu'elle pousse, son fils Clément affiche un large sourire. Comme toujours. Il ne voit pas, ne parle pas, on ne sait pas ce qu'il comprend, mais ce jeune homme est une leçon. Sophie ne se sépare jamais de lui. Elle l'emmène au marché, à la piscine, au restaurant, en voyage. « Je crois qu'il est heureux », souffle-t-elle souvent. À le regarder, on dirait que oui. Elle aussi.

Elle s'approche pour m'embrasser, les yeux plissés :

— T'as toujours peur de moi ?

— Non, je te connais trop pour ça.

Elle fronce les sourcils et sort un couteau de sa poche :

— Tu ne me connais pas si bien que ça, on dirait…

Tout le monde rit, moi aussi, même si, pendant un quart de seconde, le regard noir a encore fait son petit effet.

J'observe mes amis, les prénoms sur le banc, le grand bâtiment blanc, je revois les premiers pas de Charline, les premiers mots de Thomas, la demande en mariage de leur père, le poster de Biarritz offert par le mien, le sourire de ma mère, et une bouffée de bonheur m'envahit.

Une fois passés, les moments doux ne disparaissent pas. Quelque part, au fond de nous, ils durent pour toujours. On les appelle les souvenirs.

FIN

MERCI

Ce roman n'était pas prévu. Un petit garçon faisait grossir mon ventre et mon cœur, et j'avais décidé de faire une pause pour me gaver de lui et de son grand frère. Mais, parfois, la vie bouscule les résolutions.

C'est dans un box de réanimation néonatale, auprès de mon fils branché à des machines, que cette histoire a commencé à s'écrire. Pour m'envoler loin de ma terreur, je n'avais pas de poster de Biarritz, mais mon imagination.

Tu viens de fêter tes sept mois, et chacun de tes rires efface un peu plus le souvenir des bips angoissants. Tu es minuscule, pourtant tu prends déjà tellement de place.

C'est toi que j'ai envie de remercier en premier. Merci mon fils de t'être battu si fort. Merci de m'avoir soufflé ce roman. Merci d'être venu compléter notre famille. J'ignorais à quel point tu me manquais.

Le deuxième remerciement, profond, immense, s'adresse aux soignants. À ces personnes admirables

375

qui décident un jour de consacrer leur vie à prendre soin des autres. On ne mesure pas, avant de vous voir à l'œuvre, votre engagement, votre générosité, votre abnégation.

Un merci tout particulier à vous, qui nous avez accompagnés lors de cet épisode : les puéricultrices et auxiliaires de puériculture des services de réanimation néonatale et de néonatalogie de la maternité de l'hôpital Pellegrin de Bordeaux : Florence Ricard, Estelle Bessy, Hélène Fau, Laëtitia, Jessica, Lorie, et toutes les autres dont j'ai oublié le prénom mais pas le sourire ; le docteur Frédéric Coatleven ; la sage-femme Charline Pierre ; la psychologue Éva Toussaint ; l'auxiliaire de puériculture Selena Rives ; le docteur Muriel Rebola ; le docteur Éric Dumas De la Roque ; la sage-femme Pauline Lastera ; la sage-femme Cécile Davidson ; la sage-femme Fanny Bourdarias. Vous êtes mes plus belles rencontres éphémères indélébiles.

Merci Jean-Louis.
Un jour, tu m'as raconté que, depuis que tu étais malade, tu avais décidé de ne plus t'encombrer de convenances. Tu disais ce que tu pensais, et tes exemples m'avaient valu un fou rire. Quelque temps plus tard, je t'ai confié que tu m'avais inspiré un personnage de mon roman. Tu n'auras malheureusement pas eu le temps de le découvrir, mais je suis certaine qu'il t'aurait plu.

Merci à mes autres enfants.

Celui qui est devenu un merveilleux grand frère et qui illumine mes journées de son humour, de sa fantaisie et de sa sensibilité. La vie est tellement belle avec toi.

Celui qui veille sur ses deux petits frères et restera à jamais notre aîné. Mon grand absent.

Merci à mon mari.

De m'encourager, de me rassurer, de me relire même quand tu as très envie d'aller dormir, de me donner des idées, de t'occuper de tout quand je m'enferme dans ma grotte pour écrire, de me faire rire, de me comprendre. Merci de m'avoir poussée à écrire mon tout premier manuscrit. Merci d'avoir cru en moi pour nous deux. J'ai eu une chance folle de tomber sur toi, un matin de février 2005.

Merci infiniment à celles et ceux qui ont accepté de relire mon manuscrit : Florence Ricard, Muriel Tisserand, Marianne Tisserand, Marie Louillet, Marine Climent, Serena Giuliano, Cynthia Kafka, Marie Vareille, Constance Trapenard, Faustine Monegier, Florence Prevoteau, Michael Palmeira, Camille Anseaume, Sophie Bordelais. Vos retours m'ont été très précieux.

Merci maman, les étoiles dans tes yeux sont ma plus belle récompense.

Merci mamie de m'avoir donné le goût de l'écriture et d'être profondément heureuse pour moi.

Merci papy de me soutenir avec enthousiasme depuis le début.

Merci Marie de me fournir un stock de photos de ton sourire à chaque fois que tu croises un de mes romans (et de me supporter depuis 1983).

Merci Yanis et Lily de poser fièrement à côté de votre maman. Je vous aime, mes chameaux.

Merci papa d'être aussi fier, je ris à chaque fois que je vois mes livres exposés dans ton salon.

Merci Serena pour ton amitié précieuse, nos fous rires, ton soutien et ton écoute, mais surtout pour Cagolance. Dis-lui que je l'aimHAN, même quand elle ne porte pas son AILLE LAÏNER.

Merci à mes proches : Marine Climent, Cynthia Kafka et Sophie Henrionnet, Mylène Tisserand, Gaëlle Brédeville, Baptiste Beaulieu, Faustine Monegier, Justine Behar. Merci de faire partie de ma vie et de ne pas m'en vouloir quand je mets dix jours à répondre à un message.

Merci à ma chère éditrice, Alexandrine Duhin, devenue bien plus que cela au fil des années. Merci de ta délicatesse, de ta présence constante et de cette énergie incroyable que tu fournis pour porter mes romans.

Merci à toute l'équipe des éditions Fayard. J'ai noué des liens particuliers et forts avec chacun d'entre vous, et je me sens très chanceuse d'avoir atterri dans une maison d'édition qui place l'humain avant tout : Sophie de Closets, Jérôme Laissus, Éléonore Delair,

Katy Fenech, Laurent Bertail, Carole Saudejaud, Catherine Bourgey, Florian Madisclaire, Pauline Duval, Romain Fournier, Pauline-Marguerite Faure, Ariane Foubert, Lily Salter, Véronique Héron, Florence Ameline, Iris Neron-Bancel, Anne Schuliar.

Merci à toute l'équipe des éditions du Livre de poche d'offrir une nouvelle vie à mes romans et de me faire me sentir comme dans une famille : Béatrice Duval, Audrey Petit, Zoé Niewdanski, Sylvie Navellou, Anne Bouissy, Florence Mas, William Koenig, Bénédicte Beaujouan.

Merci aux libraires de soutenir mes romans avec autant de passion. Je suis toujours très émue quand un lecteur me découvre grâce à vos recommandations.

Merci aux représentants de porter mes histoires avec enthousiasme et de leur permettre de s'envoler.

Merci aux blogueurs, instagrammeurs, et à toutes les personnes qui publient leur avis en ligne. Je suis à chaque fois touchée par la générosité qui vous pousse à partager votre ressenti pour entraîner d'autres personnes. Merci d'être ces ponts entre les lecteurs et mes histoires.

Enfin, un immense merci à vous, chères lectrices, chers lecteurs. L'écriture est une activité solitaire, je puise l'inspiration tout au fond de moi, je trempe ma plume dans mes émotions, et je pose sur le papier des sujets qui me touchent, sans savoir s'ils viendront vous percuter. Quand c'est le cas, quand vous me confiez que l'histoire que j'ai imaginée fait écho à la vôtre, quand vous m'avouez avoir pleuré, ri aux éclats, été secoué, c'est un émerveillement. C'est comme une connexion entre nous, et vous n'imaginez pas à quel point ça compte pour celle qui s'est toujours sentie un peu différente à cause de sa sensibilité extrême.

Merci à vous, du fond du cœur, pour ça et pour le reste.

Pour vos messages, dont je savoure chaque mot comme si c'était le premier.

Pour nos rencontres, vos sourires, vos larmes, nos échanges qui me procurent tant d'émotions.

Pour votre impatience à l'annonce d'un nouveau roman.

Pour notre lien sur les réseaux sociaux, tellement important pour moi.

Pour le cadeau que vous me faites, quand vous appréciez mes romans au point de les offrir ou de les prêter aux gens que vous aimez.

Pour me faire vivre une aventure extraordinaire. Sans vous, elle n'aurait pas la même saveur.

MERCI.

DE LA MÊME AUTRICE :

Le Premier Jour du reste de ma vie, City, 2015 ; Le Livre de Poche, 2016.

Tu comprendras quand tu seras plus grande, Fayard, 2016 ; Le Livre de Poche, 2017.

Le parfum du bonheur est plus fort sous la pluie, Fayard, 2017 ; Le Livre de Poche, 2018.

Il est grand temps de rallumer les étoiles, Fayard, 2018 ; Le Livre de Poche, 2019.

Chère mamie, Fayard/Le Livre de Poche, 2018, au profit de l'association www.cekedubonheur.fr.

Quand nos souvenirs viendront danser, Fayard, 2019 ; Le Livre de Poche, 2020.

Chère mamie au pays du confinement, Fayard/Le Livre de Poche, 2020, au profit de la Fondation Hôpitaux de Paris-Hôpitaux de France.

Les Possibles, Fayard, 2021.

Le Livre de Poche s'engage pour
l'environnement en réduisant
l'empreinte carbone de ses livres.
Celle de cet exemplaire est de :
350 g éq. CO₂
Rendez-vous sur
www.livredepoche-durable.fr

PAPIER À BASE DE
FIBRES CERTIFIÉES

Composition réalisée par PCA

Achevé d'imprimer en avril 2021 en Fance par
MAURY IMPRIMEUR – 45330 Malesherbes
Nᵒ d'impression : 253479
Dépôt légal 1ʳᵉ publication : mai 2021
LIBRAIRIE GÉNÉRALE FRANÇAISE
21, rue du Montparnasse – 75298 Paris Cedex 06